Zehn Stunden Paul

Und andere Geschichten über Freundschaft

MAXI & BOD-LITERATUR-WETTBEWERB 2004

ISBN 3-8334-2078-2

7,90 €

IMPRESSUM

UMSCHLAGFOTO: **FLORIAN GEISS/MIT FREUNDLICHER GENEHMIGUNG VON VODAFONE DEUTSCHLAND**

GESTALTUNG: **CLAUDIA BEHRENS**
KURZBIOGRAFIEN: **SONJA BAULIG**

JURY DES MAXI & BOD-SHORTSTORY-WETTBEWERBS:
DANA BÖNISCH, SCHRIFTSTELLERIN („ROCKTAGE")
ANGELA TRONI, AUTORIN UND LEKTORIN
UTE NÖTH, MARKETING BOD
SONJA BAULIG, MAXI-BUCHREDAKTEURIN

SCHLUSSREDAKTION: **KATHARINA JAKOB**
PRODUKTION: **RAINER NEUMANN**
HERSTELLUNG UND VERLAG:
BOOKS ON DEMAND GMBH. NORDERSTEDT

Inhalt

Vorwort

Alte Freunde, neue Freunde, falsche Freunde, wahre Freunde – und Freundschaft, aus der Liebe wird ... Zum Thema „Freundschaft", dem Motto unseres vierten Literaturwettbewerbs in Zusammenarbeit mit Books on Demand, fiel den Teilnehmern jede Menge ein. Autorin Dana Bönisch („Rocktage"), Patin des Wettbewerbs und Jury-Mitglied, hatte zur Einstimmung exklusiv für die Märzausgabe der Maxi eine Freundschaftsstory geschrieben. Mehr als 500 Frauen und Männer aus Deutschland, Österreich, Italien, der Schweiz und Frankreich fühlten sich davon inspiriert und schickten uns ihre Manuskripte. Die Jury war von der Qualität begeistert, verständlich: Viele Autoren hatten schon Texte veröffentlicht, einige sogar Preise gewonnen. In diesem Sammelband finden Sie nun die 15 besten Erzählungen und als Extra die Geschichte der Schriftstellerin Dana Bönisch. Viel Spaß beim Lesen!

ANNETTE C. BOEHM

Zehn Stunden Paul

Mit ihrer Geschichte um das junge Pärchen Lena und Paul wollte Annette C. Boehm zeigen, „dass es manchmal keine Unterscheidung gibt zwischen Liebe und Freundschaft". Sie hat schon  mehrere Kurzgeschichten und Gedichte in britischen und amerikanischen Magazinen veröffentlicht, arbeitet derzeit an einem Gedichtband. Und zwar auf Englisch, denn sie belegte Kurse in Kreativem Schreiben in Utah, USA. Davor hat die 26-Jährige aus Arnsberg in Nordrhein-Westfalen deutsche und englische Literaturwissenschaft und Philosophie in England und Deutschland studiert.

Der Wind treibt mir eisige Schneeflocken ins Gesicht, Eiswasser durch meinen Schal. Ein bisschen wie sterben und neu anfangen, wispert es hinter meiner Stirn, die vor Kälte taub ist. Alles stumm, selbst der Himmel. Beten. Jetzt, wo es still ist. Wo das Prasseln des Feuers, das Schrillen der Sirenen verstummt ist. Ist jetzt die Zeit? Nach dem Regen, der die Asche stillt, deckt Schnee mit abertausend Händen alles zu, trägt wortlos Weiß das Schwarz, den widerlichen braunen Rauch zu Grabe. Da ist niemand mehr, merke ich plötzlich, gar keiner. Das Wohnheim ist ein Geripppe; ein bisschen schrille Tapete versucht sich doch noch angemessen in

Szene zu setzen; wie eine Mohnblume, denke ich, Mohnblumen in Flandern, und wie wir damals, in der Victoria Station von London, wo wir nach gut englischer Manier einen kleinen Obolus in eine klappernde Sammelbüchse geworfen hatten, für zwei rote Papierblüten, die wochenlang unsere Mantelkragen zierten. Remembrance Day. Als ob wir uns an etwas erinnern könnten, das wir nie erlebt haben. Hatten wir ja auch nicht. Anpassungsfähigkeit ist alles. Immer schön flexibel bleiben. Und jetzt? Jetzt erst recht.

Um mich herum hat sich eine Schneewehe gebildet, als wolle der Wind mich trösten, fröstlich-väterliche Arme um mich legen, aber ich heul doch gar nicht, wirklich nicht – nicht mehr. In Frieden ruht sie, meine fast beendete Abschlussarbeit, im schmelzenden Rechnergehäuse ist sie erstickt, schließlich wohl ebenso in Rauch und Asche aufgegangen wie der Schuhkarton zerknitterter, vom ewigen Lesen faltiger Briefe. „Liebe Lena", beginnen sie alle ohne Ausnahme, weil er von der notwendigen Begrüßung immer gleich weitereilte, um auf den eigenen Gedankenzug gerade noch aufspringen zu können, bevor es zu spät war.

Ich liebte unsere gemeinsamen Reisen, in Gedanken, in Fantasien, per Bummelzug schwerfällig wie eine Hummel durch die endlosen Waben der verschiedensten Lokalverbindungsnetze. Ich habe unsere Fahrpläne in seiner eiligen Jungenhandschrift wieder und wieder gelesen, so oft, dass jeder Ort, jedes Wort in mein Herz eingebrannt ist.

In Frieden ruht auch die Weltkarte, die mir streng genommen nie wirklich gehörte, weil sie klammheimlich an einem letzten Schultag aus dem geliehenen Atlas geschnitten worden war; zu zweit haben wir damals dann andächtig um das Stück bunt bedruckten Papiers gesessen und erste Reisepläne geschmiedet.

Jeder von uns hat sich drei Orte ausgesucht, und wir haben uns mit dem allergrößten Ernst, zu dem nur Kinder und Sterbende fähig sind, geschworen, jeden dieser Orte zusammen zu besuchen. Berlin, Paris und New York hatte ich mir ausgesucht und ein rotes „L" über die drei Städte gemalt. Paul überlegte lange. London, Hongkong und Boston wurden schließlich von drei roten „P" überschattet. Dann plötzlich bekam er diesen Gesichtsausdruck, den ich so liebte und doch nie verstehen konnte. „Was?", fragte ich. „Zum Schluss", erklärte er, „zum Schluss, wenn wir alles gesehen haben, schenke ich dir das." Er malte ein rotes „X" auf die Karte und bei genauem Hinsehen erkannte ich, dass es nicht nur Wasser war, sondern eine winzige Insel, fast unsichtbar, zwischen England und Irland. Ich sah, dass er sah, dass ich nicht verstand. „Das ist die Isle of Man." Aber wenn sie dir gehört, wird sie die Isle of Woman." Er lachte nicht. Dann sprang er auf die Füße und machte das Radio an.

Kurze Zeit später haben wir eine Kaffeefahrt nach Paris gemacht, eine Tagesreise, mit „freiwilliger Verkaufsveranstaltung" und vielen Rentnern in einem miefigen Reisebus. Warme Fanta Orange aus dem Automaten an der Autobahn-Raststätte. Erleichterung, als wir endlich dem Empfangsradius des WDR 4 entkommen und der Busfahrer das Radio ausmacht. Souvenirs: zwei Postkarten vom Eiffelturm und ein Foto von uns beiden, wie wir vor dem Arc de Triomphe posieren, geknipst von einem netten alten Mann mit Sofortbildkamera und Toupet.

Die Mauer fiel, und wir machten uns auf den Weg nach Berlin. Wieder: zwei Postkarten, diesmal vom Brandenburger Tor, und ein paar Fotos. Paul vor einem Stück Mauer. Ich, wie ich Paul die Zunge herausstrecke. Paul, wie er mit U 2-T-Shirt vor einem U-Bahn-Schild steht. Diverse Graffiti. Eine Pommesbude mit der Aufschrift „Hier Frische Broiler".

Zuletzt dann London. Über Nacht, zehn Stunden mit dem Zug. Nieselregen im Sommer – nichts fällt so wie Londoner Regen, behauptet Heather Nova, aber uns ist es ziemlich egal. Zumindest ist es nicht kalt. Fotos: Paul und ich neben einem silbern bemalten Pantomimen in Covent Garden, im Hintergrund kann man das U-Bahn-Schild gerade noch erahnen. Ringsherum wuselt es von Touristen. Uns fällt ein, dass wir noch nicht gefrühstückt haben, als wir Muffinski's entdecken. Seitdem habe ich ein absolutes Lieblingsessen: Himbeer-Muffins mit weißen Chocolate Chips.

Nächstes Foto: Abend. Paul mit todernstem Blick vor einer Riesenportion Fish and Chips, die Essigflasche in der Hand. Das Geheimnis bei Fish and Chips ist ja, dass erst der Essig das Ganze verdaulich macht, Geschmack hin oder her. Die Inseleuropäer wissen, dass es bei dem ganzen Fett ohne Essig nur eine Gallenkolik gibt. Ich wusste es bis dahin leider nicht. Dann noch die Postkarten: Die Queen Mom lächelt aus einem lavendelfarbenen Kostüm mit Hut. Zwei stramm stehende Wachmänner in rot-weißer Uniform vor dem Palast, wie Spielzeugmännchen sehen sie aus.

Wäre Paul nicht gewesen, hätten wir glatt den Zug nach Hause verpasst. Ich trage sehr ungerne eine Uhr, Uhren machen mich nervös. Es ist, als hätte man plötzlich keine Zeit mehr, als wäre der Tag viel kürzer. Alles wird hektisch. Ich hatte auch in dem Sommer keine Uhr, und ich glaube, ich wäre ganz gern länger geblieben, hätte die Londoner Nacht noch durchlebt. Aber dann, im Zug, im Flackerlicht des Abteils, war es auch gut. Mein Kopf auf seiner Schulter; ich konnte sein Herz schlagen spüren. Zehn Stunden. Zehn Stunden Paul. Und jetzt? Jetzt ist es irgendwie anders. Paul ist nicht mehr da. Wohnte ein paar Stockwerke zu hoch. Hat es nicht mehr rechtzeitig geschafft. Mir ist, als fehle ein Teil von mir. Nicht wie einer Witwe, gar nicht. So ist ja auch nichts gelaufen zwischen uns; alles war so unkompliziert, dass das Ganze noch nicht mal einen Namen hatte. Liebe ist ein furchtbar vorbelastetes, ausgelaugtes Wort. Freundschaft klingt zu entfernt. Versuche mir vorzustellen, was die bei seiner Beerdigung sagen werden. Kann es nicht. Es ist komisch. Mir ist nicht zum Heulen zumute, irgendwie ist diese Leichtigkeit noch da, dieses grenzenlose Vertrauen. Es hat etwas Ewiges an sich. Der Schnee fällt nicht mehr, er bewegt sich horizontal, greift meinen Mantel und zerrt daran. Ja, ja, ich komme schon, sage ich zu mir selbst. Trete aus meiner eigenen Schneewehe heraus. Drehe mich, dass der Wind mich nicht mehr angreift, sondern führt, und gehe los, einen Fuß vor den anderen. Wohin, weiß ich nicht. Alles ist weiß. Der Schnee weiß und alles weiß, mehr als ich im Moment, aber das ist jetzt nicht wichtig. Und tatsächlich weiß der Schnee, was er tut, indem er alles Unwichtige verdeckt und mich vorantreibt, bis ich schließlich am Bahnsteig stehe.

Zischend öffnen sich die Türen der S-Bahn vor mir, und ich steige ein, ohne auf die Anzeige zu achten. Ich setze mich nicht, ich habe das Gefühl, ich könnte danach nicht wieder aufstehen oder mich nicht dazu entschließen, aufzustehen. Mit einer Hand öffne ich die oberen Knöpfe meines Mantels und höre es in der Innentasche rascheln. Papier. Papiere, genauer gesagt. Zwei Flugtickets nach New York, mein Pass und 37 Euro. Ich kann nicht anders. Ich muss lachen. Jetzt weiß ich. Am Flughafen steige ich aus, kaufe eine Zahnbürste und ein Brötchen, dann setze ich mich zwischen die anderen wartenden Reisenden. „Wegen des Schnees werden wir wahrscheinlich Verspätung haben", brabbelt ein Mann im Anzug in sein winziges Handy. Ich kann seinen Stress geradezu riechen. Neben ihm versucht eine Mutter vergeblich, drei kleine Kinder davon abzuhalten, sich mit Orangensaft und matschigen Keksen zu beschmieren. „Ich dich auch", meint der Mann zu seinem unsichtbaren Gesprächspartner und lässt das Handy in der Jackentasche verschwinden. Flughafenuhren sind die einzigen, die ich gern ansehe. Eine Weile beobachte ich den kleineren Zeiger, wie er sich langsam voranschiebt, schwerfällig, stolpernd, gerade so, als wäre er es ganz persönlich, der die Zeit zum Laufen bringen müsse. Inzwischen ist der Mann verschwunden, die Mutter hat alles Spielzeug eingesammelt und die Essensreste so gut wie möglich entfernt und voller Erleichterung zwei der Kleinen einem untersetzten, grinsenden Mittvierziger anvertraut. Längst ist es draußen dunkel, und das Schneetreiben hat sich nun auch gelegt. Ich schaue noch einmal auf die große Uhr, der kleinere Zeiger bewegt sich ruckartig auf die Sechs zu, und ich stehe auf.

Beide Tickets in der Hand, gehe ich langsam auf den Schalter zu, denn gleich wird sich dort eine lange Schlange bilden, und ich mag es nicht, ganz am Ende zu stehen. Es ist noch keiner am Schalter, als ich dort ankomme. Aus dem Nichts heraus bekomme ich eine Gänsehaut. Ich habe es gewusst! Ich habe es die ganze Zeit gewusst! Dann spüre ich eine Hand auf meiner Schulter. „Da bist du ja", sage ich mit einem leisen Lächeln, greife in meine Tasche und reiche ihm sein Ticket. „Ich hatte gefürchtet, du kommst nicht mehr", gebe ich leise lächelnd zu. Er hat genauso leicht gepackt wie ich: eine Zahnbürste, Zimtkaugummi und ein abgegriffenes „Lustiges Taschenbuch". Eine dicke Frau mit goldenen Ohrringen setzt sich auf den Platz hinter dem Schalter, sieht uns fragend an, studiert dann eingehend die beiden Flugtickets und Pässe. „Fenster oder Mitte?", fragt sie, ohne aufzublicken. „Fenster", antworte ich, nehme die Bordkarten in Empfang, und damit ist unsere Unterhaltung beendet. Nach den Sicherheitschecks sitzen wir dann in der Lounge. Schweigend. Zufrieden. Ich freue mich mehr auf den Flug als auf New York selbst. Zehn Stunden Paul.

CHRISTINA KÜHNEL

Frühlingserinnerungen

Wie es ist, von einer Freund-  schaft enttäuscht zu werden, hatte die 24-Jährige aus Fürfeld in Rheinland-Pfalz gerade selbst erfahren. Da fiel es ihr nicht schwer, eine Geschichte zu diesem Thema zu schreiben. Nach einem Studium zur Diplom-Dolmetscherin für Englisch, Französisch und Italienisch studierte sie Internationale Wirtschaftsinformatik an der Berufsakademie Mannheim. Zum Hobby Schreiben kam sie in den letzten Monaten kaum, da sie fürs Diplom lernen musste. Das hat sie jetzt in der Tasche und möchte nun gern eine Weile im Ausland arbeiten. Ihr Traum ist es, einen eigenen Roman zu veröffentlichen.

Es gab eine Zeit, in der sich mein Herz beim ersten Frühlingssonnenschein weitete. Die Seele breitet ihre Flügel aus, so heißt es in einem Gedicht von Eichendorff, und meine Seele hat genau das immer in den ersten warmen Tagen getan. Es ist ein wunderbarer Tag heute, voll Wärme und Licht; alle, denen ich begegne, tragen dieses strahlende Frühlingslächeln auf dem Gesicht. Aber es ist schon nach sieben, ich bin seit zwölf Stunden auf den Beinen und möchte nur noch nach Hause. In meinem Kopf war schon den ganzen Tag dieses dumpfe Pochen, aber ich konnte mich nicht von der Arbeit lösen. Alles ist noch so neu und aufregend, auf eine gute Weise fordernd. Es macht so viel Spaß, dass ich es gerne in Kauf nehme, abends nur noch ausgelaugt vor dem Fernseher zu liegen. Und zum Lesen aufraffen kann ich mich höchstens auf der Heimfahrt in der S-Bahn. Aber heute bin ich so müde, dass es mich schon Anstrengung kostet, einfach bloß aus dem Fenster zu sehen. Und die untergehende Sonne blendet so. Ich schließe die Augen, genieße das warme Licht auf meinem Gesicht. Es gab eine Zeit, da hätte mich bei diesem Wetter nichts im Büro oder in der S-Bahn halten können. Aber das war auch eine Zeit, in der mir Büros und S-Bahnen noch weitestgehend fremd waren. Nichts konnte uns drinnen halten, Lena und mich. Wir würden „ausnahmsweise" mal nicht zu den Vorlesungen gehen, sondern das erste Eis essen, in der Sonne einen Cappuccino trinken oder enthusiastisch zum ersten und einzigen Mal in diesem Jahr mit den Rollerblades waghalsige Touren unternehmen. Aber das war eine andere Zeit.

Ich öffne die Augen, um zu sehen, wie viele Stationen ich noch fahren muss. Drei. Es gefällt mir zu denken, dass ich jetzt viel reifer und erwachsener bin und viele meiner Träume von damals sich erfüllt haben. Ich habe den Job, den ich immer haben wollte und eine tolle Wohnung… Ich nehme Teil am wirklichen Leben und warte nicht mehr nur darauf.

Ich schließe wieder die Augen, muss lächeln. Wie oft wir uns damals unsere Zukunft ausgemalt haben. Wie oft wir darüber geredet haben, was wir vom Leben erwarten … Und was wohl wichtiger für uns sein würde, die Liebe oder die Karriere. Überhaupt, die Liebe … Über kein anderes Thema haben wir wohl mehr geredet als über die Männer. Verrückt, dabei hielten wir uns immer für emanzipiert und unabhängig, selbständig. Trotzdem diskutierten wir stundenlang darüber, was wohl dieser Blick von Torsten bedeuten sollte und was sich Jan bloß bei dieser Aktion gedacht hatte. Aus dem Lautsprecher kommt Gemurmel. Ich öffne die Augen. Noch eine Station. Wir überqueren den Rhein, der im Sonnenuntergang einem Kaleidoskop aus Licht gleicht. Ich atme tief, tief ein. Früher wäre ich bei diesem Wetter mit Lena schon längst auf dem Weg zum Fluss gewesen. Mit den Bierdosen in der Hand fühlten wir uns so dekadent und so frei. Die Frühlingsnächte, das sanfte, duftende Gras und das samtigweich gurgelnde Wasser zogen uns magisch an. Oft blieben wir bis spät in die frostige Nacht dort liegen und bewunderten zähneklappernd den Sternenhimmel. Wir konnten immer und überall über alles reden, aber merkwürdigerweise war es nur in diesen Nächten, dass ich das Gefühl hatte, wir könnten einander bis auf den Grund unserer Seelen schauen. Bis Lena mir dann in der letzten Nacht etwas offenbarte, was mir das Gefühl gab, sie nie gekannt zu haben. Danach wollte ich nie wieder mit ihr reden.

Die Bahn hält. Ich stehe auf. Nur noch ein paar hundert Meter, dann bin ich zu Hause. Das Pochen in meinem Kopf wird immer stärker. Ich sollte eine Kopfschmerztablette nehmen und mich ins Bett legen. Aber etwas in mir sträubt sich dagegen, nach Hause zu gehen. Es ist so still in der Wohnung. Meine erste eigene Wohnung nach den Jahren in der WG, und ich genieße meinen eigenen Kühlschrank und das saubere Bad, aber ich habe mich noch nicht an die Stille gewöhnt. Obwohl mir der Lärm in den letzten Monaten in der WG zu viel war und es nicht einfach war, Lena aus dem Weg zu gehen. Wie sie mir das hatten antun können, mich so zu betrügen, und dass es nur ein einziges Mal passiert war, half mir auch nicht weiter. Ich redete nur noch mit ihr, wenn es sich absolut nicht vermeiden ließ, und ich wusste, es würde nicht mehr lange dauern, bis ich ein neues Leben weit weg anfangen würde. Freunde machen so was nicht, dachte ich, Freunde tun einander nicht so weh. Zum Abschied hat mir Lena einen seitenlangen Brief gegeben und eine Collage mit unendlich vielen lachenden Bildern von uns beiden. Ich habe beides tief in den Umzugskisten vergraben. Nachdem ich scheinbar ziellos durch die Straßen gewandert bin, breitet sich nun vor mir der Rhein mit seiner Uferpromenade aus. Ich setze mich auf eine Bank und wünschte, ich hätte eine Zigarette bei mir, an der ich mich festhalten könnte. Aber meine Gelegenheitszigaretten an den Abenden am Fluss habe ich mir immer von Lena geborgt.

Ich wähle ihre Nummer, zwinge mich, nicht nachzudenken. Ich habe sie damals gelöscht, eine Geste der Endgültigkeit, aber ich weiß sie immer noch auswendig. Es klingelt. Sie nimmt ab. „Ich hab dich so vermisst", sagt sie, ruhig und klar. „Wie geht es dir?" Und während ich zur Antwort ansetze, weitet mein Herz sich ein bisschen und ich weiß, dass es in meiner Wohnung heute Abend nicht ganz so still sein wird.

ZUZANNA SZUTENBERG

Schattengewächs

Die 18-jährige Gymnasiastin macht im Frühjahr 2006 ihr Abitur im baden-württembergischen Lörrach. Zuzanna wurde in Polen geboren. Als sie zwei Jahre alt war, zog sie mit ihren Eltern nach Deutschland.  Um ihr Taschengeld aufzustocken, jobbt sie neben der Schule bei einem Meinungsforschungsinstitut und dekoriert das Schaufenster eines Juweliers. Während einer Zugfahrt kam ihr die Idee zu ihrer Geschichte, die viel Autobiographisches enthält: Auch Zuzanna litt wie ihre Heldin unter Magersucht und machte erfolgreich eine Therapie. Tagebucheinträge aus dieser schwierigen Zeit hat sie für ihre Geschichte verwendet.

Ich glaube, jede Frau hat eine ganz besondere Jugendfreundin, die für immer untrennbar mit den späteren Erinnerungen an die Jugend verbunden bleibt. Meistens trägt sie einen Namen, dessen Klang einem irgendwann so vertraut und selbstverständlich erscheint wie der des eigenen oder der der Mutter. Das war auch bei meiner besten Freundin so. Sie hieß Anorexia und war die Magersucht. Anorexia war ein dürres Ding von verblasster Schönheit. Ihr naturblondes Haar war unheimlich dünn und schien zudem noch weiter auszufallen. Die leicht eingesunkenen Wangen ließen die dunklen Lippen und runden Augen unwirklich groß erscheinen. Ihre durchsichtige Haut verstärkte diesen Eindruck noch. Am deutlichsten sind mir jedoch ihre knochigen, kalten Hände in Erinnerung geblieben. Obwohl sie kaum älter war als ich, hatte sie die Hände einer alten Frau. Ihr Griff war bestimmt und hart, und es machte mich widerstandslos, wenn sie auf diese Art nach mir griff. Wir lernten uns kennen, als ich 14 Jahre alt war. So wie mich auch gab es sie zwar schon eine Weile, nur hatten sich unsere Wege noch nicht gekreuzt. So wie „normale" junge Mädchen hatte ich meine beste Freundin nicht gezielt unter anderen ausgewählt. Das Leben mit all seinen verschlungenen Pfaden führte uns schließlich zusammen. Wir verstanden uns auf Anhieb gut. Anorexia bot mir ihre Freundschaft an, und ich griff zu. Natürlich hieß sie damals noch nicht Magersucht. Ihr zweiter, hässlicher Name war das einzige Geheimnis, das sie vor mir hütete. Irgendwann wäre es gar nicht mehr nötig gewesen, ihn vor mir zu verstecken. Ich verdrängte ihn selber. Es ist schön, sich alte Aufnahmen mit der besten Freundin darauf anzuschauen. Farbig oder schon ausgeblichen und vergilbt. Vielleicht sogar sepiabraun oder schwarzweiß. Mit der Zeit werden sie immer kostbarer, und man hütet sie wie einen Schatz. Ich hingegen muss mich beherrschen, Fotos, auf denen Anorexia zu sehen ist, nicht zu zerreißen. Sie tragen auf der Rückseite keine Stichworte zu Zeit und Raum. Nur ich sehe diesen unsichtbaren Stempel: das Brandmal der Magersucht. Zeitgeschichtlich ist Anorexia allerdings noch heute, sogar für mich, sehr schwer einzuordnen. Deshalb wäre es falsch zu schreiben: „Eines Tages trat sie in mein Leben und …", denn Freundschaften beginnen nicht an einem Tag, ab einem genauen Moment in unserem Zeitkontinuum. Das traf auch auf Anorexia zu. Wie ironisch es doch ist, dass meine Jugendfreundin sich selbst auf keinen Zeitpunkt und keinen speziellen Grund festlegen ließ und mich dabei in eine Welt aus Zwängen und Grenzen stieß. Sie selbst war und blieb immer schwerelos wie die Zeit selbst. Rann leicht wie Sand durch die Finger meiner Gedanken und höhlte sie schließlich aus. Anorexia und ich trafen uns immer an demselben Ort. Nicht etwa in einem Café oder Park. Mit ihr konnte man nicht Kaffee trinken oder Eis essen gehen. Unsere Begegnung fand in meinen Gedanken, dem einzigen Stück Unendlichkeit, dass wir Menschen besitzen, statt. Es wunderte mich zunächst, dass Anorexia mich sofort gut zu kennen schien. Andererseits fühlte ich mich von ihr so richtig verstanden. Vor allem verstand Anorexia alles, was den dunklen Teil meiner Seele ausmachte. Der Blicken, die nur mein Äußeres streiften, doch sonst gänzlich verborgen blieb. Nach außen hin war nur die schöne, geheimnisvolle Spiegelschrift meiner Seele sichtbar. Wir nennen das Aura. Ich hatte eine starke Aura, was wohl damit zusammenhing, dass mein Inneres dicht beschrieben war. Erfahrungen trugen sich auf diese Weise ein. Außer den vielen Geheimnissen, die wir bald teilten, verband uns noch ein gemeinsames Hobby: das Schauspiel. Die Bühne war der Körper. Er diente uns als Medium, als Leinwand zur Selbstdarstellung. Ich hatte keine Paraderolle, war ein selbstsicheres Chamäleon, das sich gern zur Schau stellte. Anorexia dagegen lebte bevorzugt hinter den Kulissen des geistreichen und originellen Bühnenbildes, das ich bot. Kühl, pur und mystisch war ihr Look. Sie lebte in kapriziöser Askese, ließ ihre Freiheit aus der Beschränkung erwachsen, die sie sich selbst auferlegte, und wirkte dadurch beeindruckend stark. Was hinter dieser Maske steckte, übte eine ungeheure Faszination und Anziehung auf mich aus. Denn obwohl ich mir für meine bunte Kostümierung nur die schönsten Farben auswählte und den Rest verwarf, kreierte Anorexia aus der zweiten Wahl eine ebenfalls magische Aura. Ist es nicht viel schwerer, mit nur wenigen und ähnlichen Farbtönen ein stimmungsvolles Bild zu erschaffen als mit der gesamten Palette? Ich bewunderte sie dafür. Und dennoch war ich zu stolz, um ihren Stil zu kopieren, was ich als einfallslos verachtet hätte. Doch ich sehnte mich insgeheim danach, mehr so zu sein wie meine Freundin. Es stellte sich heraus, dass es unnötig war, ihren Stil kopieren zu wollen. Sie erlegte ihn mir auf. Diskret, ohne meinen Stolz zu verletzen. Die Hauptkomponenten für ihre Selbstdarstellung fand sie in dem von mir sorgsam verschanzten „Trauerkeller". In dieser Requisitenkammer aus Schmerz, Zweifel und unbeantworteten Fragen, zu der nur noch sie Zugang hatte, wurde Anorexia fündig und kreativ.

Möglicherweise war ihr dunkler und gedeckter Dress sogar provokanter als mein schillerndes Kleid. Aber wir waren Freundinnen und rivalisierten nicht, sondern teilten. Vielleicht aber sollten wir in Zukunft als Duo auftreten und eine gemeinsame Darstellung bieten? Wir ließen uns viel Zeit mit der Entscheidung. Trotzdem war ich froh, als Anorexia es später noch einmal zur Sprache brachte. Wir waren beide dafür, es mal auszuprobieren. So zaghaft, schüchtern, beinahe nebensächlich ihre Präsenz zunächst in meinem Leben war, frage ich mich noch heute oft, wie es ihr jemals gelingen konnte, so viel von mir auszufüllen. Wir trafen uns zwar bald häufiger, doch unsere Freundschaft schien mir dennoch locker und ungezwungen. Anorexia verriet mir, dass auch sie zu viel Nähe nicht mochte. Doch sogar die beste Freundin vermag zu lügen, selbst wenn man das nicht glauben möchte. Langsam und schleichend nahm Anorexia das Rampenlicht, mein Licht, für sich ein. Im Sommer 2002, ich war nun über die Hälfte meines 15. Lebensjahres hinaus, fuhr ich mit Anorexia das erste Mal in Ferien. Meine Familie fand es okay, eine Freundin mitzunehmen. Außerdem konnte ein dermaßen zurückhaltendes Ding weder auf mich noch auf den gemeinsamen Urlaub Schaden nehmen. Ich beschloss, mir nicht allzu viele Gedanken über den Verlauf der bevorstehenden Wochen zu machen. Vor Ort in der Türkei zeigte sich Anorexia eher scheu. Der Sommer war nicht ihre Jahreszeit, da wirkte sie unscheinbar und kränklich – im Gegensatz zu mir. Ich fühlte mich wohl am Meer, mir gefielen die Menschen und das Klima.

Meine Freundin, scheinbar angewidert von den mir immer noch häufig nachgeworfenen Männerblicken, schob mir Wassermelonen zum Mittagessen zu. Ich ließ mich nicht von Anorexias schlechter Laune anstecken, auch wenn mir unsere junge Freundschaft wichtig war. Stattdessen vertröstete ich sie auf unsere Rückkehr nach Hause, wo wir mit Sicherheit wieder mehr Gemeinsames unternehmen konnten. Das stellte sie zufrieden.

Nach diesem Urlaub nahm ich die ersten von insgesamt über zwölf Kilo ab. Aber nicht nur mein Körper machte eine Veränderung durch, auch mein Geist trennte sich von meiner bis dahin noch recht naiven und kindlichen Weltsicht. Insgesamt trugen viele kleine Einsichten in der folgenden Zeit dazu bei, dass meine Vorstellung von der Welt klarer und ernster wurde. Zweifelsohne war das auch Anorexias Verdienst, aber sie rühmte sich dessen nie, wie es sich für eine echte Freundin gehörte. Im Gegenteil, sie war für mich in dieser schwierigen Zeit eine große Stütze. Auf viele Fragen, mit denen das Leben mich konfrontierte, hatte sie als Einzige die Antwort parat. Ich war der Meinung, dass mein runder weiblicher Körper nun nicht mehr zu mir passte. Er stand mir im Weg. Ich vertraute mich

Anorexia an. Sie wollte mir helfen. Im Gegenzug für ein paar lästige Pfunde zu viel, versprach sie, würde ich stark sein, mir selbst genug sein, unabhängig sein. „Es klappt wirklich, ich spreche aus Erfahrung. Du musst nur richtig wollen." Und ich wollte. Wieso sah ich nicht, dass sie ihre Kraft nur aus meiner Schwäche schöpfte? Ihre Versprechungen nur ein falsches Ventil meiner Leiden war? Doch ich weiß, dass diese Geschichte so alt wie die Welt selbst ist. Nur welcher Teufel hatte tatsächlich bloß Interesse am Körper seines Opfers? Aber wer liest schon das Kleingedruckte, wenn man es eilig hat, seinen Problemen zu entkommen, und die Gelegenheit erhält, sie alle auf einmal zu lösen?

Mit der Zeit wurde Anorexia meine Ballettlehrerin: unerbittlich und anspruchsvoll. Doch ich wollte es so. Für jede Schwäche hatte sie nur leise Verachtung übrig. Jedes Vorankommen hingegen belohnte sie mit einer noch höheren Messlatte, derer ich mich nun würdig erwiesen hatte. Ich – eine sehr gelehrige Schülerin – warf den überflüssigen Ballast meines ungeschliffenen und konturlosen Körpers über Bord. Es ist ein berauschendes Gefühl, auf immer kleineren Vorsprüngen Halt zu finden. Dass dabei auch der Abgrund ständig tiefer wird, gehört dazu.

Ich verbrachte den Großteil meiner Freizeit mit Anorexia. Meine bisherigen Freundinnen aus der Klasse schienen sich von mir zu entfernen. Mir war das ganz recht so. Ich folgte nun einem völlig anderen Weg. Mein Dasein kam mir viel konzentrierter und gleichzeitig ätherischer vor. Ich glaubte, das zu werden, was mir ewige Sicherheit und Kontrolle zumindest über mich in einer Welt brachte, auf die ich keinen Einfluss nehmen konnte. Ich hatte inzwischen erkannt, dass die Realität die falsche Welt für mich war. Darum beschloss ich, mir eine neue aufzubauen, die besser zu mir passte. Ich konnte meine eigene Heldin werden und Mauern um mein Reich errichten, die nie wieder jemand einfach durchbrechen oder zertrampeln konnte. Wünscht sich das nicht jeder? Mein Äußeres blieb ein Spiegel, doch warf er mittlerweile eine völlig andere Aura zurück. Sie verströmte etwas Düsteres und Melancholisches. Ständig perfektionierte ich meinen Tanz.

Meine Eltern jedoch konnten nicht einsehen, dass eine Balletttänzerin nur wenig essen durfte. Der Verwandtenkreis und Außenstehende wurden auf mich aufmerksam. Doch es war mir egal. Ich wollte endlich mal etwas zu Ende bringen, selbst entscheiden, was mir wichtig war. Hochnäsig probte ich mit eiserner Disziplin, von Anorexia angefeuert, weiter. Sie sagte mir: „Du musst gerade die Kritik als Ansporn nehmen, es besser zu machen." Unwohl fühlte ich mich nur bei den gemeinsamen Mahlzeiten. Meiner Freundin gelang es unbehelligt, diese mir endlos scheinenden Minuten zu überstehen. Ich kämpfte um jeden Bissen weniger, nur um ihr einen Gefallen zu tun. Es war unser Spiel, der Beweis unserer Freundschaft. Stopfte mir heimlich etwas in die Taschen oder verlegte schnell einige unbedeutende Happen, von denen das Gelingen meines Tages abhing, auf den Teller meines Bruders. War ich erfolgreich, verließ ich den Tisch mit gemischten Gefühlen.

Einerseits war es ein berauschendes Gefühl, so wenig gegessen zu haben, und das lud mich mit einer seltsamen Spannung auf. Andererseits fand ich das beängstigend und hatte zudem ein schlechtes Gewissen gegenüber meiner Mutter, die eine hervorragende Köchin ist. Jenes Verhalten war meine Rebellion, war Abnabelung von meinen Eltern, insbesondere von meiner Mutter, zu der ich eine sehr enge Beziehung hatte. Es war, als würde ich heimlich rauchen oder Partys in der sturmfreien Wohnung feiern, eben so, wie normale Jugendliche ihre Unabhängigkeit schaffen. Trotzdem wollen die aufmüpfigen Teenager geliebt und akzeptiert werden, gerade dann, wenn es keinen Grund dazu gibt. Anorexia erklärte mir, dass auch diese Art von Hunger, nämlich das Verlangen nach bedingungsloser Liebe, niedrig und primitiv war. Also fing ich an, das Übel dort auszumerzen, wo es entstanden war. Ich hörte auf, mich selbst zu lieben. Fortan hüllte ich mich in einen Mantel aus Schweigen und erhabener Einsamkeit. Diese Stoffe waren so transparent leicht und dennoch real, dass ich die grausame Welt, von der ich mich abwandte, nur durch einen weichen Schleier wahrnahm. Ein idealer Zustand.

Nach einer Weile war ich für Anorexia endlich leicht genug, um eine besondere Reise zu unternehmen. Meinen mit 16 Jahren nun wieder sehr schlaksigen, ja fast unterentwickelten Körper konnte ich nun gut dahin mitnehmen. Sie wusste ja, dass ich mir eine andere Welt schaffen wollte, und sie wollte mir das ermöglichen. Ich wünschte mir eine Welt, in der ich mir selbst genug war und die von mir abhing, anstatt umgekehrt ich von ihr. Eine Welt, die ich schützen wollte, damit sie mich beschützte. Weil alles, was sich zu dieser Zeit außerhalb abspielte, so enttäuschend war. Die endgültige Rückkehr meines Vaters in die Familie. Die Trennung von meinem ersten Freund, mit dem ich schon länger zusammen war, als ich Anorexia kannte. Damit rissen die letzten Stricke, die mich mit der Wirklichkeit verbanden. Anorexia und ich bewachten unsere Welt deshalb umso aufmerksamer und genossen es, endlich eine Grenze zu besitzen, die niemand ohne weiteres übertreten konnte. Nicht auszudenken, was mir in dieser schwierigen Phase ohne meinen schützenden Kokon und den Beistand meiner besten Freundin hätte passieren können. Meine so genannte Familie verstand natürlich absolut nichts. Sie versuchten sogar, mir meine Freundin wegzunehmen, sie mir zu verbieten. Ich beschloss, mich endgültig aus ihrer Mitte auszuschließen und traf die letzten Vorbereitungen für unsere Abreise. Kein Blick zurück. Die Realität konnte mir nichts mehr anhaben. Das heißt: Ich spürte nichts mehr von ihr.

In der Schule ließ ich einen gefühllosen Roboter zurück, der weiterhin exzellente Noten für mich schrieb. Meine Freundinnen bemerkten den Unterschied nicht. Endlich war es so weit. Die Zeit der Abreise war gekommen. Wir nahmen uns bei der Hand (ihr kalter Griff ließ mich kurz erschaudern) und reisten in die Vergangenheit. An allen wichtigen Ereignissen machte Anorexia Halt und forderte mich auf, es diesmal richtig zu machen. Denn nur so könnte ich üble Wurzeln auf den Planeten meiner Kindheit ausreißen. Schließlich war dort eine ganze Menge geschehen, bevor Anorexia in mein Leben trat. Wenn ich nach unserer Reise zurückkehrte, wären die aus allen schlechten Wurzeln gekeimten Probleme verschwunden. In Wahrheit war es dafür schon lange zu spät. Niemand, auch eine Anorexia nicht, kann Dinge ungeschehen machen, selbst wenn sie das von sich behauptet. Es ist nur eines ihrer vielen Täuschungsmanöver, um an die Seele ihres Opfers heranzukommen.

An Pfingsten waren wir sogar in Polen, meiner Heimat, wo ich in einem Waisenhaus den Spuren meiner früh halb verwaisten Oma nachging. Dort lief Anorexia zur Hochform auf. Denn während ich damit beschäftigt war, meine Vergangenheit, meine Kindheit umzupflügen und dort eine anorektische Galerie der trügerischen Perfektion anzulegen, ließ ich jemanden alleine. Die Welt, die ich bewohnt hatte, bevor Anorexia darin auftauchte, verwahrloste durch meine Abwesenheit. Ein unbeteiligter Betrachter könnte zwar meinen, es sähe dort aus wie bisher. Hätte er jedoch genau hingesehen, so hätte er gemerkt, dass die Blumen in meinem Garten zwar ganz hübsch aussahen, jedoch nach nichts dufteten. Kein einziger Schmetterling würde ihre Blüten zieren, denn alle Raupen wären in ihren Puppen erstickt. Vögel säßen zwar nach wie vor in den Bäumen, doch sie wären verstummt. Die Flüsse, die meine Erde speisten, wären zum Stillstand gekommen und könnten kein Spiegelbild zurückwerfen. Folgte man ihrem Lauf bis ans Meer und höbe dort eine Muschel auf, so könnte sie zwar rauschen, aber kein Gefühl der Sehnsucht nach Freiheit und Weite in ihrem Finder auslösen. Wollte man nun, müde und durstig, aus einem Brunnen trinken, so fände der Schacht kein Ende und der Besucher ließe das Seil irgendwann los, ließe den Eimer fallen, in der Überzeugung, seine Zeit zu verschwenden. Dann würde er diesen Ort verlassen, denn es war unheimlich und irgendwie leer dort.

Doch meistens waren es nur unaufmerksame Leute, die eher zufällig an meiner verlassenen Welt vorbeikamen und auch nicht näher hinschauten. Wieso überhaupt? Schließlich gab es dort nichts, was sie suchten, und falls ihnen die merkwürdige Stille doch auffiel, so suchten sie verstört das Weite, weil sie nicht genau benennen konnten, woran es dort fehlte. Und ich hatte da jemanden allein gelassen, der ohne meine Aufmerksamkeit nicht sein konnte und sich dort fürchtete. Während ich in weiter Ferne Illusionen pflegte, die mir erzählten, nun käme alles in Ordnung, welkte die Seele meiner zurückgelassenen Welt. Ihre Quelle war von mir, auf Anorexias Drängen hin, ausgetrocknet worden, um Magerblümchen zu gießen. Zunächst nährte sich meine Seele noch mit Tränen, deren Salz sie ein wenig an das schöne, rauschende Meer von einst erinnerten, das sie so sehr liebte. Doch bald waren auch davon alle aufgebraucht. Sie war die Letzte, die die unsichtbaren Mauern hinter sich ließ, bevor sie sich endgültig schlossen. Denn sie ertrug es nicht mehr, in einem Körper zu leben, der sich selbst zerstörte.

Ich bekam nicht mit, wie meine Seele Abschied nahm. Zu beschäftigt war ich damit, immer engere Kreise hinter tausend grauen Stäben zu ziehen. Dinge, die ich nie in mein Leben hatte treten lassen wollen, bestimmten nun völlig mein Dasein: Starre, Stillstand und Gleichgültigkeit. Ich spürte die Abwesenheit meiner Gefühle nicht, denn Anorexia war an ihre Stelle getreten.

Unterdessen waren sämtliche Planeten meiner Kindheit, bis hin zur nahen Vergangenheit, von mir umgestaltet worden. Für jedes Ereignis hatte ich eine Skulptur angefertigt. Sie waren in einer Reihe aufgestellt. Nur am Ende fehlte das Kunstwerk auf dem letzten Sockel. Es war eine Überraschung für Anorexia und noch durch ein großes Tuch abgedeckt. Erschöpft von der Arbeit, betrachtete ich die Werke. Plötzlich spürte ich die Anwesenheit meiner Freundin. Sie schälte sich aus einem Schatten und kam lächelnd auf mich zu. Sie kam, um meine Arbeit zu begutachten. Ich war stolz auf meine Leistung und ich wusste, dass niemand außer Anorexia diese gebührend zu schätzen wusste. Schließlich war sie es, die mich jahrelang auf meiner Reise begleitet hatte. Genauso gespannt ihre Früchte erwartet hatte. Sie verstand als Einzige, was diese Ausstellung mir bedeutete. Darum hatte ich sie ihr gewidmet. Fast feierlich schritten wir auf das erste Werk zu. Die ganze Zeit über drückte sie anerkennend und gerührt meine Schulter. (Von der anstrengenden Arbeit der letzten Monate war sie fast genauso knochig wie ihre.) Ich brauchte keine Erklärungen abzugeben, wir verstanden uns ohne Worte, und so schwiegen wir beide zufrieden. Wir hatten dasselbe Empfinden von Ästhetik. Auch das weiße Bildnis der Feenfrau, wie ich sie insgeheim nannte, trug einen seligen, nach innen gekehrten Ausdruck auf ihrem Gesicht. Ihr langes Haar legte sich sanft um den geschwungenen Hals. Dieser wiederum ergoss sich weich in zarte Vogelschultern, deren Arme schützend vor der mädchenhaften Brust überkreuzt blieben. Zu beiden Seiten ihres Rumpfes zeichneten sich in exakter Symmetrie Rippen, Bauchmuskulatur und, tiefer, die spitz hervorstechenden Hüftknochen ab. Ihr Bauch lag dadurch wie in ein Tal gebettet. Vom Becken an verschwand sie im Wasser. Die Feenfrau selbst schien wie aus einem Stück gegossen. Ruhig und stark, ganz im Kontrast zu ihrem zerbrechlichen Körper. Ich betrachtete sie versonnen. Anorexia zog leicht an meinem Arm, um mich zur nächsten Plastik zu bewegen. Es handelte sich hierbei um vier stark vereinfachte Menschengestalten mit runden Köpfen und stummeligen Beinchen. Sie saßen zu Tisch. Sie hatten keine Gesichter und wirkten alle gleich. Es fielen runde, stumpfe Schatten auf den Boden unter ihnen. Nur bei einer der Figuren war kein dunkler Umriss ihrer Silhouette zu ihren Füßen entstanden. Stattdessen hatte ich dort ein kleines Loch gebohrt, das auf dem Schatten des Stuhls Platz genommen hatte. Auf dem dritten Sockel befand sich wieder eine Frau. Sie schien sich um eine große Kugel geklammert zu haben. Ihre Wange lag schräg auf dieser Kugel auf, als würde sie an ihr lauschen. Wenn

man die fließenden Formen ihrer Glieder verfolgte, erkannte man, dass ihr linker Oberschenkel aus dieser Kugel entsprang. Nun glaubte man, eine schwangere Frau vor sich zu haben. Die Kugel war eine Frau und die Frau war eine Kugel. Einige weitere Skulpturen später standen wir vor dem verdeckten Werk. Unter dem Tuch, das von einem Gerüst herunterschwang, zeichnete sich ein quadratisches Podest ab. Ich glitt aus Anorexias Arm, ging auf das Tuch zu und zog es mit einer Bewegung herunter. Flatternd gab es das letzte Kunstwerk preis: Es war ein Abdruck meines Körpers, in zusammengerollter embryonaler Haltung. Er war lebensgroß, und all seine Einzelheiten und winzigen Details, wie der feine Flaum auf meinen Unterarmen und Oberschenkeln sowie die einzelnen Rückenwirbel, wurden bei genauem Hinschauen sichtbar. Anorexia erforschte diesen Abdruck so neugierig wie eine geheimnisvolle Landkarte. Ihre Spinnenhände fuhren über das Gipsrelief. Staunend passte sie ihre Handteller an die meines Abdrucks an. Dann beugte sie sich hinunter und tat dasselbe mit ihrem Gesicht. Schließlich kniete sie sich behutsam daneben und legte sich ganz in die Mulden hinein. Es passte perfekt. Im Grunde war das genauso ihr Körper, ihr Kunstwerk, das Jahre gebraucht hatte, um zu entstehen. Wir waren eins geworden. Unmöglich, eine klare Grenze zwischen uns zu ziehen.
Ich freute mich für Anorexia, wie sie immer noch staunend und ungewohnt fröhlich dalag. Allerdings nicht so sehr, wie ich es mir, während ich daran arbeitete, ausgemalt hatte. Mich erfüllte nur eine laue, seltsam unruhige Zufriedenheit. Und ich wusste auch, warum. Am nächsten Tag mussten wir zurückkreisen, denn ich hatte einen gefürchteten Arzttermin. Anorexia gegenüber hatte ich davon nichts erwähnt, um ihre Freude, die mein Geschenk bei ihr ausgelöst hatte, nicht zu trüben. Ich sagte ihr überhaupt nie etwas über die Vorwürfe und Bedenken, mit denen mich die Ärztin konfrontierte. Anorexia hätte das spöttisch ignoriert. Nur in der letzten Zeit war es immer schwieriger geworden, ihr zu verheimlichen, dass unsere Welt von einer großen Gefahr bedroht wurde.
Ich hatte von fast 56 Kilo, die dem Normalgewicht entsprachen, mittlerweile 13 verloren. Auch wenn ich nur 1,60 Meter groß war, reichte dieses Gewicht nicht mehr aus, um meinen Körper als schlank zu bezeichnen. Bereits mehrere Male hatte man mir ein Ultimatum gesetzt: entweder zwei Kilo zunehmen oder an eine Psychotherapeutin verwiesen zu werden. Natürlich kam Ersteres nicht in Frage.

Die Konsequenzen dieser Einstellung schob ich, dank meiner Freundin, die sämtliche Zweifel zerstreute, problemlos beiseite. Ich hatte noch Zeit bis morgen. Anorexia würde sie schon auszufüllen wissen.

Ich sitze meiner Ärztin gegenüber. Ihr besorgter und zugleich strenger Blick erreicht mich nicht. Es ist ein heißer Julinachmittag, und ich wäre viel lieber ins Schwimmbad gegangen. Doch hier, in diesem Zimmer, gelten alle meine Gedanken der geeichten Waage hinter meinem Rücken. Dieselbe Frage seit Monaten befindet sich mit im Raum. Auch meine Mutter ist wieder dabei. Unsere gute Beziehung hat gelitten. Sie hat die Hände nervös ineinander verknotet und in ihren Schoß gepresst. Trotzdem ist etwas neu. Es ist der Druck der Drohung, fast schon greifbar in der stickigen Luft. Ich steige angespannt auf die Waage. Nach einem letzten Zittern entscheidet der schwarze Zeiger über mein Schicksal. Es ist das falsche. Naive Hoffnung stirbt lautlos. Niemand sieht mich an, während ich mich wieder anziehe. Den Termin bei der Psychotherapeutin soll ich selbst abmachen. Es ist der letzte Tag vor unserer Abreise in die Sommerferien, nach Polen. Es handelte sich nur um wenige Tage, die meine Galgenfrist umfasste, doch kamen sie mir unendlich lang vor. Ich befand mich in der Schwebe, über einem dunklen Abgrund, der sich so plötzlich wie über Nacht aufgetan zu haben schien. Ich wusste nicht mehr, ob es Anorexia war, die meine Hand hielt oder die an meinem Knöchel zerrte. Die lange Fahrt ins entlegene Dörfchen, wo sich die Praxis befand, zog sich wie eine Schlinge immer enger um meinen Hals, je näher wir dem Ziel kamen.

Anorexia redete mir gut zu und versuchte mir Mut zu machen. Sie hatte leicht reden! Schließlich musste immer ich dafür herhalten, unseren Weg ein Stück weiter verfolgen zu dürfen. Noch mehr Abstand zwischen uns und die Realität zu bringen. Ich wiederholte teilweise laut, was meine Freundin mir sagte, denn ich sah meiner Mutter, die am Steuer saß, an, dass sie genauso viel Angst hatte. Zum ersten Mal seit Monaten waren wir uns in einer Sache einig. Wir fürchteten uns zusammen. Ein verschlungenes Sträßchen führte bis vor das Haus. Im gemütlichen Wartezimmer unterhielten wir uns noch befangen über die idyllische Aussicht. Dann trat sie ein.

Frau Tarr-Krüger war die Frau, der es zustand, ein Urteil über mich zu fällen. Allein das nahm ich ihr schon übel. Als Nächstes dachte ich: Die ist aber auch ganz schön dünn. Ich wehrte mich gegen die Sympathie, die ihr das einbrachte. Es schien mir, als würden wir in einem Gerichtssaal Platz nehmen, obwohl das Zimmer sehr licht und ebenfalls gemütlich war. Sie war der Richter, ich die Angeklagte und meine Mutter eine Zeugin. Anorexia saß mit auf der Anklagebank. All der Abstand, die Kluft, die uns gelungen war, zwischen den Menschen und uns zu schaffen, kamen mir plötzlich nutzlos vor. Und so war es auch. Vor dieser Frau fühlte ich mich zum ersten Mal seit langer Zeit angreifbar. Frau Tarr-Krüger eröffnete das Verhör. Zunächst verteidigte ich mich noch eloquent und log. Dann entbrannte plötzlich ein Streit zwischen mir und meiner Mutter. Ich begann zu weinen. Meine Mutter auch. Meine Verteidigung brach zusammen, ich stammelte nur noch wirre Vorwürfe und schämte mich.

Das Verfahren wurde unterbrochen. Nachdem ich mich wieder einigermaßen unter Kontrolle hatte (eine Fähigkeit, die ich zusammen mit Anorexia perfektioniert hatte), hob die Richterin zu ihrem Urteil an. Dann schmetterte sie es mir einfach an den Kopf: „Du bist magersüchtig." Ich brach sofort erneut in Tränen aus, doch diesmal war es, als hätte dieser Satz einen inneren Staudamm gesprengt. Ich konnte nicht mehr aufhören.

Mit auf diesem Staudamm hatte sich auch Anorexia befunden. Sie war sich sicher gewesen, dass er nie einstürzen könnte. Doch nun hatten die Fluten sie erfasst. Der Fluss donnerte über meine Welt hinweg. Unaufhaltsam und zerstörerisch. Anorexia würde sterben! Ich schrie nach ihr, aber sie tauchte nirgends auf. Die Wassermassen würden nicht aufhören zu fließen, bevor nicht alles unter ihnen begraben läge. Die Richterin redete weiter, doch auch all ihre Worte wurden von dem gewaltigen Strom mitgerissen. Oh nein! Bald würde er meine Skulpturen erreichen! Und ich war absolut machtlos, konnte nichts gegen ihre Vernichtung tun. Ich klammerte mich verzweifelt an ihren Anblick, als der Strom sie, eine nach der anderen, mühelos ausriss. Bruchstücke wirbelten in seinem donnernden Strudel. Ich spähte angestrengt nach Anorexia.

Dann begann die Stärke des Wasserflusses allmählich nachzulassen, bis er endlich – quälend langsam – vollends versiegte. Der erste klare Gedanke, den es mir zu fassen gelang, galt meiner Freundin. Hatte Anorexia sich retten können oder würde mir auch von ihr nur die Erinnerung bleiben?

Alles war zerstört. Die Naturkatastrophe war erbarmungslos mit meiner Welt umgegangen. Der Anblick der Zerstörung war verheerend, und noch hallte mir der Donner rauschend in den Ohren wider. Dennoch spürte ich nicht mehr als eine dumpfe Leere. War ich etwa auch tot? Hatten mich die Wassermassen zusammen mit Anorexia unter sich begraben oder woher kam nur plötzlich dieser ruhige Frieden in mir? Auf einmal zeichnete sich verschwommen eine Gestalt vor dem kahlen Hintergrund ab. War das ein Engel? Dann musste ich wirklich tot sein. Doch langsam erkannte ich in ihr die Erscheinung der Richterin. Nun stand sie vor mir. Sie hatte überhaupt nichts Bedrohliches mehr an sich. Sanft ergriff sie meine Hand und sagte: „Ich will dir deine Freundin nicht wegnehmen."

Ich spürte, wie ein klammer Druck von meinem Knöchel wich. Ganz so, als ob ihn jemand losließe. Nach und nach begann auch der Rest meiner Umgebung klar zu werden. Benommen sah ich mich um. Unter meiner Ferse bröckelte ein Steinchen weg. Ich begriff, dass ich am Rand eines gähnenden Abgrunds gestanden hatte.

Erschrocken drehte ich meinen Kopf wieder nach vorne. Blickte nach unten, um das Gleichgewicht nicht zu verlieren.

Und dann, genau dort, vor meinem rechten Zeh, in der noch aufgeweichten Erde, begann etwas Neues zu wachsen.

KATHI ELISABETH FLAU

Vor und hinter dem Tor

„Erzählst du mir eine Geschichte?" Mit dieser Frage entlockte die 31-jährige Hildesheimerin als Kind Großvater und Vater immer wieder Geschichten. „Vielleicht schreibe ich heute so viel, weil  ich noch keine Kinder habe, denen ich Geschichten erzählen könnte." Ihre Ausbildung startete sie mit einem Volontariat bei einer Werbeagentur, heute arbeitet sie als Redaktionsassistentin beim Lokalradio Hildesheim. Nebenbei hat sie einen Roman verfasst, für den sie jetzt den passenden Verlag sucht. Außerdem schreibt Kathi Flau eine Kurzgeschichte nach der anderen. Über ihre Maxi-Story verrät sie nur so viel: „Den Gärtner gibt es wirklich ..."

Nachts fiel jemand in den Garten ein, unbemerkt, er grub das Rosenbeet um und riss den übrigen Blumen die Köpfe ab, sie lagen verstreut auf allen Wegen, zurück blieben kahle Stängel und ein Gärtner, der für einige Sekunden daran dachte, sich aufzuhängen. Fürs Erste erbrach er sein Frühstück – Tee und ein gekochtes Ei wie jeden Morgen – in die Rhododendron-Rabatten, dahin, wo Josie oft ihre Schuhe liegen gelassen hatte, zerschlissene graugrüne Treter, irgendwann hatte er es sich angewöhnt, auf seinem abendlichen Rundgang nach ihnen zu sehen, so wie er das Tor abschloss und nach den Rosen sah und den anderen Blumen, den unlängst gerupften, er fischte sie hervor und brachte sie ihr zurück. Der Gärtner sah ein halb verdautes Ei über dunkelgrüne Blätter gleiten, er fühlte kaum das Pelztier auf der Zunge.

Josies Schuhe fielen ihm wieder ein, an diesem Morgen konnte ihnen nichts passieren, sie waren nicht mehr da – Josie war nicht mehr da.

Er hatte sie gesehen, da war es noch nicht Frühling, sie kam hin und wieder pfeifend an seinem Garten vorbei, sie war klein und nichts Besonderes, weder hübsch noch originell, versank in ihren Hosen und trug ihr Haar unter einer Mütze, wie man sie von Zeitungsjungen kennt. Er sah sie kommen durch das schmiedeeiserne Tor, sie kam nicht zu ihm heran wie die anderen Mädchen, die ihm bei der Arbeit zuschauten und auf ein Wort von ihm hofften oder auf seine Lieblingsgabe, ein Maiglöckchen.

Sie gefiel ihm, weil sie ihm nicht gefallen wollte oder weil es ihr egal war. Der Gärtner begann auf sie zu warten, er stand nicht mehr zufällig am Tor, wenn sie vorüberging, er stand dort, weil er auf sie gewartet hatte. Seine Verehrerinnen schienen ihm aufdringlich und dumm, er wollte sie alle los sein, doch er war immer zu einem Gespräch aufgelegt, sei es mit Pflanzen oder Frauen, unter seiner Stimme blühten sie auf, und seine eigene Blässe verging.

Er wartete also auf sie, und als sie nah genug am Tor war, dass sie ihn hören konnte, sagte er: Nicht so eilig, Lady. Besichtigen Sie doch die andere Seite der Mauer. Er bat sie mit einer Verneigung darum, reichte ihr die Hand, er hatte sie überrascht: Sie lächelte nervös, immerhin folgte sie ihm, wühlte in ihrer Tasche, zog ein Päckchen Gauloises hervor, sie sagte: gestatten?, und der Gärtner blickte betreten zu Boden, im Garten ungern, sagte er, vielleicht lieber im Haus, wenn es ihr nichts ausmachte, sie könnten gleich hineingehen ... Sie steckte die Zigaretten ein, sie fühlte sich besser, sie sagte: Ich heiße Josie, und der Gärtner sagte: Ihre Aussprache ... es ist Ihre Aussprache, woher kommen Sie? Sie sprechen wie Romy Schneider. Er vergaß, sich selbst vorzustellen, und sie vergaß es, ihn zu fragen.

Die meisten Leute hielten ihn für weitaus jünger, als er war, achtunddreißig immerhin, er sah pennälerhaft aus, dunkelblond und blauäugig, sehr dünn, er sprach und bewegte sich mit der schlaksigen Energie eines Halbstarken. Er konnte zuhören, er behielt, was man ihm sagte, das kommt nicht oft vor, und in jeder Frau, deshalb hatten sie ihn so gern, fand er etwas Wunderbares, einen entlegenen Vorzug, ein ungeahntes Detail, er fand und entstaubte es, er schwärmte in ihrem Beisein und klang aufrichtig dabei. Er fing nichts mit ihnen an, er lud sie in den Garten ein, brachte ihnen Tee und Süßigkeiten und hörte ihnen eine Weile zu, dann langweilten sie ihn oder er hatte noch eine Arbeit zu erledigen, er bat sie höflich darum zu gehen. Er war gern mit sich allein. Josie blieb den ganzen Nachmittag, als wäre es so geplant gewesen, offenbar hatte sie nichts anderes vor … oder wie in dem Märchen, als die Prinzessin glaubt, eine Nacht getanzt zu haben, doch in Wirklichkeit sind sieben Jahre vergangen oder hundert, ich weiß es nicht mehr. Sie gingen durch den Garten und ins Haus, Josie rauchte verlegen eine einzige Zigarette. Der Gärtner zeigte ihr alle Pflanzen, er erzählte, woher sie kamen, auf welchem Weg sie hierher gefunden hatten und wie er selbst hierher gelangt war, er erzählte laut und bunt, er lachte an verschiedenen Stellen, sie verstand nicht, warum. Erst als die Laternen angezündet wurden, sah sie zur Uhr, es tue ihr Leid, sagte sie, aber sie müsse gehen sofort, der Nachmittag sei schön gewesen. Dann kommen Sie wieder?, fragte der Gärtner, wann? Morgen? – Nein, morgen nicht. – Dann übermorgen? Bitte. – Nein.

Die Zeit, in der Rituale entstehen: Sie kommt um kurz nach fünf, jeden Dienstag und jeden Freitag, er erwartet sie am Tor, ein Maiglöckchen hinterm Rücken und den Hut tief im Gesicht, er schließt hinter ihr zu, küsst sie auf die Stirn, ein Wort gibt das nächste … in ein paar Monaten, ein paar Jahren vielleicht wird man sich erinnern. Abends bringt er Gemüse und eine Hand voll Dill, damit geht sie in die Küche und kocht, hat sie es erst einmal getan, wird sie es wieder tun und wieder und immer so weiter. Nach dem Essen legt er eine Platte auf, Vince Jones oder Brigitte Bardot, er nimmt ihr die Serviette aus der Hand, sagt nichts, tanzt mit ihr. Ihre Schatten tanzen ebenfalls, übergroß an die Wand geworfen vom Laternenlicht und verschmolzen zu einer einzigen Figur.

Während sie isst, weiß sie schon, dass er sie gleich ansehen wird, als hätte er sie etwas gefragt, er wird aufstehen und zu ihr kommen und sie dabei nicht aus den Augen lassen, einmal sagt er: Ich möchte dir etwas kaufen, ja, lach nicht, ich möchte in die Stadt gehen und dir etwas kaufen, etwas sehr Besonderes, was wünschst du dir? – Ich weiß nicht, sagt Josie, nichts. Ihm fallen ein: ein Abendkleid, ein Papagei, Konfekt, ein Lexikon und Schuhe. Möchtest du Schuhe?, fragt er, und sie lacht nicht und sagt: Ich habe Schuhe. Ich habe alles.

Schließlich geht er seine abendliche Runde durch den Park, schließt das Tor zu und riecht an den Rosen, die intensiver duften während der Nacht, sie verschwenden sich und keiner weiß, weshalb, er zupft Staub von den Blättern und sammelt Josies Schuhe ein, damit sie nicht nass werden oder endgültig verloren gehen.

Rituale, wenn sie erst einmal preisgegeben wurden – und das werden sie höchstwahrscheinlich irgendwann, wenige überleben in der losen Folge von Jahren, Dienstagen, Freitagen und Wochenenden, mit denen man nichts anzufangen weiß – verwandeln sich in Vorwürfe, sie tun das mit derselben Sicherheit, mit der sie aus der Wiederholung resultieren.

An den Nachmittagen half Josie dem Gärtner bei der Arbeit, spaßeshalber, es gab auch nicht viel, was sie hätte tun können: Er verlangte absolute Sorgfalt und übernahm das meiste lieber selbst, nur so konnte er sichergehen. Er war an Hilfe nicht gewöhnt, doch er ließ sie ein wenig den Rasen harken, gab ihr eine Schürze und den Rat, ihre Schuhe auszuziehen: Für den Gärtner war das Gras kostbar wie ein Teppich, er mochte ihren gespielten Eifer, sie schritt die Wege ab, rieb ihr Kinn, nickte ihm hin und wieder kritisch zu und gab sich sachverständig. Ihre Hände waren im Nu rabenschwarz, wie sie das anstellte, blieb ihr Geheimnis.

Hinterher ruhten sie sich auf einer Bank aus, der Gärtner erzählte Josie eine Geschichte, sie lauschte, sie hätte jetzt gern eine Zigarette geraucht, sie legte den Kopf an seine Schulter oder, wenn sie besonders müde war, was selten vorkam, in seinen Schoß. Wenn er sie fragte, ob ihr die Geschichte gefallen habe, antwortete sie gleichgültig: doch. Oder: nicht so gut wie die letzte, dabei fand sie sie wunderbar, sie hörte sie mit geschlossenen Augen und sah dahinter alles geschehen, was der Gärtner sich ausdachte. Ihm selbst gefielen sie auch, bislang hatte sie jeder gemocht, soweit er sich erinnerte, er fragte sich, warum es bei ihr nicht so war, warum er sie nicht erreichen konnte, es sind wohl ihre Ansprüche, sagte er sich, ihr hat man gewiss schon viel schönere Geschichten erzählt, für sie ist das Beste gerade gut genug.

Josie schlief nicht gut, nachts wachte sie von Träumen auf, an die sie sich gleich nicht mehr erinnern konnte, undeutlich sah sie sich von einer Meute Hunde oder Gespenster verfolgt, etwas war ihr auf den Fersen, es ließ und ließ sich nicht abschütteln.

Was hast du denn?, fragte der Gärtner am Dienstag, als sie wieder bei ihm war, er küsste sie auf die Stirn und schenkte ihr ein Maiglöckchen. Was ist mit dir? – Etwas verfolgt mich. – Etwas verfolgt dich? Wohin? Was ist es? – Im Traum. Es verfolgt mich im Traum. – Er sah sie eine Zeit lang an, forschend, er hob seine Hand und legte sie an ihr Gesicht. Ich vertreibe es, sagte er. Ich vertreibe es. Josie aber hatte sich längst auf Reisen begeben, über seine Schulter hinweg starrte sie leer in die Wolken. Der Gärtner liebte sie nicht, so viel stand fest, und sie durfte sich nicht zu sehr an ihn hängen, er würde sie verlassen für eines der Mädchen vor dem Tor, für eine noch unbekannte Geste, für ein betörendes Lächeln, wer weiß, was ... Sie musste sich um ihr Herz kümmern, es bei sich behalten, hüten, er durfte ihr nicht zu nahe kommen.

Hier sind schon viele Mädchen gewesen, nicht wahr?, fragte sie eines Tages, als der Gärtner ihr eine Tasse Tee brachte. Viele, sagte er, was heißt viele? Ein paar. Was soll die Frage? – Ich sehe sie immer vor dem Tor stehen. – Ich weiß, ja. Kümmere dich nicht drum. – Sind sie hier an den Tagen, an denen ich es nicht bin? – Niemand kommt in diesen Garten außer dir und mir. Josie murmelte und nickte: Bald gibt es keine Maiglöckchen mehr. Alle warten sie auf ein Maiglöckchen von dir, alle. Der Gärtner sah sie an, er suchte Worte, um zu sagen: Schweig, das spielt doch keine Rolle, so wenig ist wichtig, du bist es, der Garten ist es, was sonst noch ... Er fand keine.

Eines Tages wartete der Gärtner vergeblich am Tor, er stand von fünf Uhr bis nach halb sieben dort, Josie kam nicht. Er sorgte sich um sie, sie konnte krank sein, verletzt, wer weiß was, alles Mögliche konnte geschehen sein. Er wählte eine Telefonnummer, die sie ihm gegeben hatte, es nahm niemand ab. Er wählte sie wieder. Wieder ... ein einziges Mal noch ... am Ende vielleicht zwanzigmal. Ihm blieb nichts zu tun, er aß allein, tanzte nicht, ging seine abendliche Runde – und fand Josies graugrüne Schuhe in den Rabatten. Er hob sie auf, verstand nicht, lief ins Haus, lief durch alle Zimmer, den Dachboden, die Küche, doch sie war nicht da. Irgendwann gab er erschöpft auf, seufzte, setzte sich aufs Bett und schlief ein, noch immer ihre Schuhe in den Händen. Er träumte wirr, keines der Bilder behielt er im Kopf.

Mitten in der Nacht kam sie und legte sich neben ihn, wortlos, er legte seine Arme um ihren Körper, ohne wirklich aufzuwachen. Wo bist du gewesen?, fragte er am Morgen. Ich weiß nicht, sagte sie. Ich muss wohl eingeschlafen sein, da draußen, auf der Veranda. – Aber ich habe dich gesucht, Josie, gesucht und nirgends gefunden. – Was soll ich sagen? Ich war da. Sie nahm einen Schluck Kaffee und fuhr zurück: siedend heiß. Ich habe dich gesehen, sagte sie tonlos. – Was soll das heißen? – Mit diesem Mädchen, soll das heißen. Du hast lange mit ihr gesprochen, sehr lange, sehr, sehr lange. Der Gärtner strich sich Haar aus dem Gesicht, er machte die blauen Augen zu. Tu das nicht, sagte er, bitte tu das nicht.

Die Zeit der Maiglöckchen war längst vorbei, Dienstage und Freitage folgten schnurgerade aufeinander, niemand rauchte im Garten, niemand rauchte im Haus. Der Gärtner stand am Morgen auf, er hatte keine Lust, sich Tee zu kochen und ein Ei, er ging in die Küche und tat es. Er harkte, säte und goss und manchmal verschüttete er einen Schluck Wasser neben dem Beet, dann riss er sich den Hut vom Kopf und klatschte ihn gegen eine Junikirsche oder was immer sich darbot, hinterher tat es ihm Leid, er hob ihn wieder auf und strich ihn glatt und hoffte, dass er den Baum, seine empfindsame Rinde, nicht verletzt hatte.

SUSANNE ROSSBACH

Rache ist Jagdwurst

Die ersten Jobstationen von Susanne Roßbach: Werbekauffrau, später Werbetexterin. Heute arbeitet die 55-Jährige als Autorin in Hamburg. Ihr  Lieblingsthema sind die zwischenmenschlichen Beziehungen. Da kam ihr das Thema Freundschaft im Maxi-Literaturwettbewerb sehr gelegen. Mit ihrer Gewinnergeschichte wollte sie die komplizierte, schmerzhafte Seite von Freundschaft beleuchten. „Ich fragte mich: Was kann passieren, wenn aus Angst nicht geredet wird?" Susanne Roßbach hat bereits einen Roman veröffentlicht, der zweite erscheint im Februar 2005 beim Lübbe-Verlag.

Als Johnny mir das Ende unserer Beziehung per SMS mitteilte, riss von jetzt auf gleich der Erdboden auf. Mich umkrallte eine feuchte, fauchende Krake mit Tausenden von Fangarmen und zog meinen Körper inklusive Seele und Geist hinunter in ihr Höllenreich. Nach zehn Minuten war ich tot. Zerdrückt und zerfressen.

Sechs Tage später drehte sich der Schlüssel meiner Wohnungstür, und meine Mutter stürzte ins Schlafzimmer.

„Also, Silvana, was machst du hier für einen Unsinn? Stellst dich taub, gibst die Verschollene, stürzt alle Welt in Unruhe. Dein Verhalten ist unverantwortlich! Was ist los? Rede! Wieso liegst du hier im Bett und bist nicht im Job?" Sehr freundlich, meine Mutter, wirklich. Um ihre Mundwinkel kräuselten sich Schaumbläschen. „Danke für deine Fürsorge", flüsterte ich. „Nix ist. Ich bin bloß ermordet worden." Meine Mutter schniefte und setzte sich aufs Bettlaken. Um mich herum sah es absolut asozial aus. Leere Weinflaschen, angebrochenes Minderalwasser, Chipstüten, Joghurtbecher und hundert zerknüllte Papiertaschentücher bildeten genau das Ambiente, das meine Mutter so schätzte.

„Ich habe mir solche Sorgen gemacht", bekam sie gerade noch die Kurve. Dann strich sie über meine Wangen und fragte endlich, wer denn schuld sei an meinem katastrophalen Zustand.

„Phh", meinte sie anschließend. „Ich habe Johnny nie gemocht. Fitnesstrainer! Abgebrochenes Sportstudium! Ihr habt nicht die Bohne zusammengepasst. Sei froh, dass du ihn los bist."

Ich piepste etwas von Johnnys gemeißeltem Körper, den zartesten Lippen, die mich je berührt hatten, seinen spirituellen Händen, seinem sprühenden Witz, aber meine Mutter bekam ihre radikale Tour und zog mir die Bettdecke vom kalkweißen Leib, der durchaus einer heißen Dusche bedurfte. Dann kochte sie mir Griesbrei.

Meine Mama hat mich (unter Schmerzen!) geboren, sie hat mich ins Leben zurückkatapultiert, das scheint dasselbe Gen zu sein. Auf jeden Fall bin ich aus meinem Grab gestiegen und habe am nächsten Tag wieder gearbeitet. Mein Chef ließ sich auf den Deal „eine Woche unbezahlten Urlaub statt Rausschmiss" ein, meine Freundinnen schmollten, weil ich mich ihnen nicht anvertraut hatte(!), und ich musste allen versichern, nie wieder auf unsichtbar zu machen. So kann's gehen: Ich war gestorben und völlig am Ende, musste aber die Überlebenden trösten! Kein Wunder, dass ich bei diesem Umfeld auf einen aus dem Rahmen fallenden Fitnesslehrer abgefahren bin, der easy und unverkniffen dachte und unbekümmert lebte.

Ich beschloss, einige Freundschaften ebenfalls sterben zu lassen. Ach Johnny. Warum? Was hieß: Aus die Maus, du engst mich ein = Nein! Scheißtyp!

Nach einem Jahr hatte ich Johnny fast aus dem Hirn, aber keine offenen Antennen für andere Männer. Manchmal träumte ich eine ganze Nacht lang von einem muskulösen Kerl mit breitem Schlupfloch zum Anlehnen in der Achselhöhle. Das Gesicht dieses Mannes war verschwommen, keine Augen, kein Mund. Nur gespürtes Wohlfühlen und Geborgenheit. Mein Nachthemd war hinterher eine durchgeschwitzte Nackenrolle.

An einem späten Augustabend schlenderte ich nach Dienstschluss schuhkauforientiert über die Hamburger Mönckebergstraße. Die vielen Menschen um mich herum verströmten heitere Emsigkeit, flirrendes Geschnatter verwob sich mit einem spätblauen Himmel.

Ich ahnte Johnny von weitem. Obwohl unbeleckt von jeder Information, erkannte ich in einer männlichen, kahl rasierten Gestalt, nur von hinten sichtbar, jenen Mann, der mir einmal mehr bedeutet hatte als mein Leben. Johnny saß im Rollstuhl und starrte in ein Schaufenster mit quietschbunten Sportklamotten. Neben ihm stand lässig ein junger Mann, der die Sitzlehne umarmte. Nix wie weg oder nix wie hin? Ohnmachtweiche Knie hinderten mich am Weglaufen. In kleinen Mäuseschritten pirschte ich mich schrägseitlich heran. „Hallo Johnny." Sein Blick auf mich war tarantelgestochen schnell, er erkannte mich auf den ersten Ton. „Na, Silvana", sagte er ruhig und betont nüchtern, „was machst du denn hier?" Was für eine Frage. Was für traurige Augen. Was für eine beschissene Situation. „Was ist passiert? Wieso sitzt du im Rollstuhl?" Der junge Mann neben Johnny stellte sich mir namentlich vor und schob Johnny in die angrenzende Passage. Dort wendete er das dickrädrige Gerät, so dass Johnny auf die Straße und mir direkt ins Gesicht schauen konnte. „Ach Gott", meinte Johnny emotionslos. „Sportunfall. Kopfsprung auf einen nicht sichtbaren Felsen im Mittelmeer. Querschnitt ab fünftem Halswirbel. So kann's gehen." Mein Gehirn lief Karussell, die geschäftige Mönckebergstraße tauchte in eine Schwindel verursachende Achterbahn ein, Johnnys Stimme klang wie von weit weg. Gleich würde ich in Ohnmacht fallen, und genau danach sehnte ich mich. Ich ließ vollkommen los – und stand plötzlich ganz fest auf meinen zwei Beinen. Mit glasklarem Verstand und der Hoffnung auf Erlösung. „Johnny, wann war das? Sag mir bitte: wann?" Mein Exlover lehnte sich zurück, faltete seine Hände und schloss müde die Augen. Ich konnte plötzlich sehen, wie er mit achtzig aussehen würde. „Nach unserer Trennung, wenn du das meinst. Letzten Sommer, im Juli." Er war nicht doof. „Ach so. Und warum ... warum hast du mich nicht angerufen, ich meine, ich hätte dich ... doch besucht, im Krankenhaus und weiß der Geier wo." Johnny blickte einer flippigen Fußgängerin gedankenlastig hinterher und drehte dann den Kopf in meine Richtung. „Frag was Leichteres." Ich wollte dich in meinem früheren Leben nicht mehr haben und ganz bestimmt auch nicht in meinem jetzigen. Kannst du nicht mal etwas hinnehmen, akzeptieren, was du nicht beeinflussen kannst?" Die Situation war makaber. Tausend Fragen auf einmal meldete mein Gehirn zum Aussprechen an, aber die in mir aufsteigende rohe Wut verhinderte jegliches Widerwort. Wie du willst, Johnny. „Sie können ihn ja mal anrufen", mischte sich dieser Zivi unverfroren ein. Vielleicht war's auch nett gemeint. Mein zusammengekniffener Mund gab ein „Vielleicht" von sich, und schwupps hatte ich eine Visitenkarte in der Hand. Rolli-Camp stand drauf, lebenswert betreut wohnen. „Einfach nach Johnny fragen, dann klappt's mit der Verbindung." Du Einfaltspinsel, dachte ich. „Dankeschön", sagte ich. Und: „Denn man alles Gute, Johnny." Dann rauschte ich davon. Leider hatte ich keinen Menschen, mit dem ich dieses Erlebnis echt und nachhaltig durchkauen konnte. Mit meinen verständnislosen Freundinnen lebte ich noch immer über Kreuz, meine Mutter war unverändert stinkig auf Johnny, meine straighten Kolleginnen lehnten es ab, aufs Neue im Gestern zu wühlen. So saß ich Abend für Abend ungeheuer spannungsgeladen auf meiner Fernsehcouch, unschlüssig, ob ich Johnny anrufen sollte oder nicht. Er will dich nicht, mahnte mein Gehirn. Warum bloß nicht?, winselte mein Herz. Ich konnte mit Johnny nicht abschließen, bevor ich keine plausible Erklärung für seine Liebeskündigung bekommen hatte. Gut, er saß jetzt im Rollstuhl, aber seine grauenvolle gesundheitliche Situation beschäftigte mich nicht so sehr wie die Frage: Warum hatte er mich aus seinem Leben gekickt? Klar, während der Werbeblocks ging mir ansatzweise durch den Kopf, ob ich bei durchgängiger Liebe nach seinem Unfall bei ihm geblieben wäre. Man sagt immer schnell: Ja, natürlich, hätte mich nie gestört, aber stimmt das wirklich? Konnte ich nicht vielmehr froh sein, rechtzeitig den Absprung zwangsserviert bekommen zu haben? Pfui, Silvana! So eine Entscheidung kann man nicht künstlich herbeirufen. Johnny liebte mich vorher nicht mehr und jetzt erst recht nicht. That's it. Aber warum? Als meine Grübelsucht meinen Schlafrhythmus völlig blockierte, fing ich an, nachts im Internet zu chatten. Zunächst korrespondierte ich mit einem Frauenflüsterer, später flirtete ich mit einem Fuchsschwanz, anschließend war ich mit einem Froschkönig im Dialog. Und so weiter. Jedem Mann erzählte ich von Johnny. Jeder Typ riet mir, ihn gedanklich abzuschießen. Jedem Kerl stellte ich die Warum-Frage. Jeder Chatter schrieb: Weil er eine andere hatte. Ich konnte es nicht glauben, kam aber zumindest auf andere Gedanken. Und fand plötzlich Gefallen am Chatten und an der Idee, meinen Marktwert zu testen. Um Johnny endgültig ins Jenseits zu befördern. Ich erstellte meinen persönlichen Masterplan. Als der September mit einem besonders schönen Altweibersommertag romantisierte und die Freilufttische im Restaurant gegenüber meiner Wohnung nahezu überschwappten vor leutseligem, funkensprühendem Geplapper, rief ich im Rolli-Camp an und fragte nach Johnny. Ich bekam ihn tatsächlich ans Telefon, eine Freisprechanlage. „Hallo Johnny", plauderte ich ihn munter an, „ich bin's, die liebe Silvana." Er schwieg zuerst, dann erwiderte er mein Intro. „Nett, dass du anrufst", setzte er noch höflich hinzu. Er fremdelte nicht, und ich erwartete nichts. Ich fragte, wie's ihm gehe, und er meinte, na ja, so lala. Ich: Hast du Lust, mit mir irgendwo im Freien ein Bier zu trinken? Er: Heute nicht, aber vielleicht Sonnabend. Ich würde schon gern mal rauskommen. Holst du mich ab? Und dann sagte er noch: Hast du schon mal einen Rollstuhl geschoben? Nö, erwiderte ich, aber ich bin ja nicht doof. Am Sonnabend schmiss ich mir zwei Baldrian-Tabletten rein und fuhr in einen waldigen Vorort von Hamburg. Klänge es nicht so daneben, könnte man von einem lauschigen, idyllischen Spätsommertag sprechen. Johnny erwartete mich bereits am Eingang der Bungalow-Anlagen; braun gebrannt, seine Oberarmmuskeln zeichneten sich durch einen schwarzen Rippen-Rollkragenpullover ab. Johnny im Rolli im Rolli. Er sah klasse aus. Oh mein Gott! Keine Warum-Frage, befahl ich meinem Sonnengeflecht. Er konnte sich fast allein in mein Auto manövrieren. Und wünschte sich einen Trip zum Alsterbonbon, einem neuen Szene-Café direkt an der Außenalster, das für Behinderte leicht zu erreichen war. Ich war noch nie dort. Seit unserer Trennung war ich nirgendwo. Tausend Fragen brannten mir auf der Zunge, während er mit abgespreiztem kleinen Finger sein Bier trank. Hundert Blicke von Nachbartischen trafen uns, an Johnny perlten sie ab. Er genoss den Moment, den Tag, das Leben. Ich biete dir meine Freundschaft an, sagte ich übergangslos in die Situation. Johnny lächelte. Danke, meinte er, das ist prima. Wollen wir darauf

nicht anstoßen? Schweigen am See. Dann kam die Masterplan-Gretchenfrage von ihm: „Und was treibst du so? Bist du neu verliebt? Erzähl mal!" „Och", ich lehnte mich locker in den Korbstuhl zurück, „nicht wirklich. Nur Sexgeschichten. Die aber heftig." Ein kleines kalkuliertes Lächeln flog aus meinem Mund. Johnny zuckte zusammen, nur für einen Kenner sichtbar. Leicht schmunzelnd streichelte er sein Glas: „Du wusstest ja schon immer, was schön ist." „Genau. Und einmal auf den Geschmack gekommen … du weißt schon …" Johnny schwieg, dann: „Und wie viele Lover hast du?" „Zurzeit nur drei. Damit komme ich gut über die Runden." Die Sonne senkte sich goldorange über der Alster und spiegelte sich großflächig in ihr. Um die Bootsstege herum schwammen Schwäne, das Wasser glucks-te. Manchmal tuckerten Alsterdampfer in Sichtweite vorbei und spritzten Gischt in die Luft. Ein Wetter zum Denken an Heldenzeugen. „Du", sagte ich plötzlich, „ich muss dich jetzt zurück ins Camp bringen. Um acht bin ich leider noch verabredet. Aber ich besuche dich nächste Woche wieder." „Okay", meinte Johnny. Und: „Ich lade dich ein." Den Abend verbrachte ich allein mit „Wetten, dass…?" vor der Glotze. Kein Schwein rief mich an, auch nicht Johnny zwecks Lügentest. Am Sonntagnachmittag besuchte mich Fuchsschwanz aus dem Internet, und es ging hoch her. Dienstag traf ich mich mit dem Frauenflüsterer im Hotel. Er hat ab und zu geschäftlich in Hamburg zu tun. Am Freitag meldete ich mich wieder bei Johnny. Er hätte so Appetit auf Bratkartoffeln, ob wir am Wochenende nicht ins Schillerlocke fahren könnten, er würde mich selbstverständlich einladen. Wenn's denn meine Zeit erlauben würde. Durchaus, Johnny.
So entwickelte sich eine wundervolle Freundschaft. Zu meinen Bedingungen. Wie das klappte! Bei jedem Treffen erzählte ich Johnny andeutungsweise von meinen Bettgeschichten, ließ ihm viel Spielraum für Fantasie. Wir gingen zugewandt miteinander um, vermieden Berührungen und sämtliche Fragen und Antworten zu unserer eigenen Lovestory. Es ging ums Jetzt, um Reha-Maßnahmen, seine neuen Berufspläne als Softwarespezialist und um meinen Job. Manchmal fragte er nach meinen Exfreundinnen und meiner Mutter und berichtete von seinen Kumpels, die er nur noch sporadisch sah. Alles war eingeschlafen. Sein Körper und unsere Vergangenheit. Aber mein Körper nicht. Manchmal musste ich nach einem Sexerlebnis kotzen. Trotzdem ging mein Plan auf. Ich sah

Johnny regelmäßig, atmete sein Rasierwasser ein und schminkte ihn mir gleichzeitig ab. Parallel dazu gewöhnte ich mich an fremd duftende Aftershaves und lernte, dass auch andere Männer duschen und kurzfingrige Hände durchaus ihren Reiz haben. Beispielsweise die von meinem neuen Kollegen aus der Buchhaltung. Nachts. Im Laufe von drei, vier Monaten mutierte Johnny zum good old Buddy. Er kannte mittlerweile alle meine Lover beim Vornamen, stellte Zwischenfragen und gab mir ungebeten Verhaltenstipps, die ich stumm lächelnd zur Kenntnis nahm. Ich bemühte mich ehrlich darum, auch ihm eine Freude zu machen, beispielsweise durch Schachpartien, die mir normalerweise völlig abgehen, und durch Autowandern, damit er was zu gucken hatte. Er lechzte nach Draußensein, Aktivitätensehen und lebte doch nur ein Leben aus zweiter Hand. Manchmal konnte er vor Schmerzen kaum sprechen, und die Schweißperlen auf seiner Stirn begannen zu triefen. Meist aber wirkte er locker und souverän. Zu Ostern schenkte ich ihm modische Sneakers, da tat er mir schon richtig Leid, und meine Gefühle zu ihm befanden sich auf warmem, kameradschaftlichem Niveau. Liebe, geschweige denn erinnerte Leidenschaft war's längst nicht mehr. Ein paar Tage zuvor hatte ich ihm erzählt, dass ich schwanger sei. Vom Buchhalter oder dem neuen Fitnesstrainings-Assi. Ich dachte mir nichts mehr dabei, ihm mein Privatleben offen zu legen, ehrlich. Dann kam der Anruf. Johnny war tot. Ostermontag. Schmerztabletten gehortet und auf einmal genommen. Der Camp-Arzt hatte Feiertags-Stand-by und traf zu spät ein. In seinem Computer war ein Brief an mich gespeichert. Man war so freundlich, ihn mir auszudrucken. Hör mal zu, Siv: Ich halte die Bilder in meinem Kopf nicht mehr aus. Dich in den Armen von Frank, Boris oder wer weiß noch wem zu sehen, zerreißt mich. Scheiße alles! Genau das wollte ich vermeiden. Ich gelähmt und du mobil. Das wollte ich nicht sehen, hören, erleben, nicht mit deinem Mitleid konfrontiert werden. Das passt nicht zu mir und erst recht nicht zu dir. Unsere Liebe war Sex und Salsa, du warst verrückt nach mir, mich beflügelte deine Leidenschaft und der Wunsch, dich nie zu enttäuschen. Ich hatte keine andere Wahl. Gleich nach dem Unfall, der kein Badeunfall, sondern ein unglücklicher Sturz von der Fensterbank meiner Wohnung war, bat ich Ricardo, dir von meinem Handy aus die definitive Finito-SMS zu schicken. Was hätte ich machen sollen? Waren die Basics unserer Beziehung vielleicht philosophische Gespräche oder gemeinsame Kinder? Eben nicht. Es waren Lebenslust und Körpergier. Auf einen Richtungswechsel wollte ich es nicht ankommen lassen. Und: Ich brauchte die volle Konzentration auf mich selbst. Du lehnst dich zu gerne an jemanden an, das kostet Kraft. Eine Freundschaft mit dir war das Letzte, was ich gewollt habe. Eideidei und Smalltalk und vitales Ungleichgewicht ist für mich nicht aushaltbar. Durch einen blöden Zufall habe ich es dennoch versucht, mich getestet und schließlich überschätzt. Es macht mich kirre. Gute Freunde haben? Nein danke. Ich kann nur leben, wenn ich nichts mehr zu verlieren habe. Nach Ostern werde ich dich abschießen. Und du wirst wieder nicht erfahren, warum.

Silvana zerriss den Brief, atmete tief durch und strich sich mit der flachen Hand über den frühschwangeren Bauch. Morgen hatte sie den ersten Ultraschalltermin. Es ist nicht schrecklich, einen Menschen zu verlieren, mit dem einen eine lockere Freundschaft verbindet. Nur komisch.

CHRISTIANE WEBER

Manchmal fallen Worte aus meinem Kopf

Die Sozialarbeiterin aus Dortmund schreibt schon seit einigen Jahren erfolgreich Lyrik und Kurzgeschichten. Einige ihrer Texte erschienen in Sammelbänden, vom Kulturbüro  Dortmund wurde die 43-Jährige mehrfach für ihre Lyrik zur Autorin des Monats gewählt. Ihre Geschichte um zwei alte Damen im Pflegeheim hat einen wahren Hintergrund: „Eine Freundin lernte die beiden während ihrer Arbeit mit Alzheimer-Patienten kennen und erzählte mir von ihnen – ich hab dann den Faden einfach weitergesponnen."

Martha O'Brien liebte gutes Essen und edlen Wein. Stundenlang konnte sie den Klängen Bachs lauschen und dabei ein paar Tränen vergießen. Martha bewegte sich mit einem Lächeln zum Walzertakt und hielt geduldig jeden Sonntagmorgen die Angelrute in den kleinen Dorfweiher. Martha heiratete nie und lebte stets rücksichtsvoll in den Räumen ihrer elterlichen Wohnung. Die rüstige Frau war in dem kleinen Städtchen Knightsbridge beliebt. Mit Einfühlungsvermögen verkaufte sie in der alten Dorfapotheke tröstende Worte oder heilsame Medizin an ihre Kunden. Als ihre Eltern verstarben, musste sie ihr Leben neu einrichten. Jedoch spürten die Menschen in ihrer Nähe, dass sie sich langsam veränderte. So verwechselte sie Worte, vergaß Verabredungen und verlor sich immer mehr in Erinnerungen. Die sonst so akkurat gekleidete Frau begann, mit nachlässiger und fleckiger Bekleidung zum Dienst zu erscheinen. Manchmal erkannte sie ihre Kolleginnen nicht mehr.

An einem stürmischen Samstagmorgen saß sie auf dem Fensterbrett ihrer Wohnung und hielt die Angelrute in den Regen. Bright, der Dorfpolizist, konnte sie nur unter gutem Zureden in das nächstgelegene Krankenhaus bringen. „Wo bin ich?" Martha steht in dem kleinen Zimmer und sieht sich fragend um. „Sie sind zu Hause, meine Liebe." Die Frau im sportlichen hellen Pullover mit den straff nach hinten gekämmten Haaren lächelt sie an. „Das ist nicht mein Zuhause. Bei mir riecht es ganz anders." Bei diesen Worten rümpft sie die Nase. „Martha", lächelt die Frau weiter und berührt flüchtig den blassen Unterarm, „St. Anna ist jetzt Ihre neue Heimat." „Wie kann das möglich sein?" Martha lässt sich in den geblümten Sessel fallen. „Ich habe mich noch gar nicht von meinen Eltern verabschiedet." Die Pflegerin sieht aus dem Fenster. „Ich kann doch nicht gehen, ohne ihnen Lebewohl zu sagen." „Ihre Eltern sind jetzt beim lieben Gott." „Das kann doch gar nicht sein. Ich habe sie eben erst gesehen." Ihre Augen sehen aus wie Kieselsteine, denkt die Pflegerin und empfindet plötzlich Mitleid mit der kleinen Frau, die sich auf der letzten Station ihres Lebensweges befindet. „Sie werden sich hier sicherlich schnell einleben, Martha." „Wieso einleben? Ich will nach Hause zurück!" Die Wangen der neuen Bewohnerin sind gerötet. „Bitte, Martha, machen Sie es uns nicht so schwer." „Die Schmetterlinge machen mich verrückt." Marthas winzige Hände zupfen immer wieder an unsichtbaren Fäden ihres grauen Kleides. „Hören Sie das Surren?" Die Pflegerin nickt. „Ich werde Ihnen eine schöne Tasse Tee machen, Martha. Dann sieht die Welt schon wieder viel besser aus."

Regentropfen fallen aus dem grauen Himmel, der sich wie eine schwere Decke über das Städtchen legt. Mrs. Bridge, die Heimleiterin von St. Anna, steht vor dem Panoramafenster ihres Büros. In der rechten Hand hält sie einen Kaffeebecher, aus dem sie in kleinen Schlucken trinkt. „Unter den Tapeten hatte sie unzählige Pfundnoten versteckt." Baker, der Rechtsanwalt, klappt den grauen Aktendeckel zu. „Nachdem die Wohnung ausgeräumt worden war,

hatten wir hunderttausend Pfund in kleinen Scheinen gesammelt."
Mrs. Bridge schüttelt den Kopf. „Die Generation hat zwar zwei Welt-
kriege überlebt, leidet aber heute noch unter den Folgen."
Sie dreht sich um. „Martha ist noch nicht ganz aus ihrem Leben verschwunden. Sie müssten einmal sehen, mit welchem Interesse sie
ihre Medizin studiert." Baker lacht. „Das ist schön. Ich weiß, dass
sie bei Ihnen gut aufgehoben ist. Wissen Sie, Martha war eine
enge Freundin meiner Mutter. Und ich mag sie auch sehr gern."
Mrs. Bridge nickt und stellt den Kaffeebecher auf den Tisch zurück.
Regentropfen rinnen wie kleine Perlen an der Fensterscheibe
herunter.

„Und wie heißen Sie?" Die Frau mit den roten Wangen, die ihren
korpulenten Körper in ein graues Wollkleid gehüllt hat, sitzt neben
Martha am Esstisch. Die anderen Heimbewohner haben bereits das
Abendessen beendet und sind auf dem mühsamen Weg zu ihren
Zimmern. Freundlich lächelndes Pflegepersonal unterstützt sie
dabei tatkräftig. „Was geht Sie das an?" Marthas Stimme überschlägt
sich fast bei diesen Worten. „Nun seien Sie mal nicht gleich so böse.
Ich wollte nur freundlich zu Ihnen sein." „Ich weiß nicht, ob Sie
wissen, dass Schmetterlinge auf Ihrem Kopf sitzen." Erschrocken
fasst sich Hazel an ihre Haare. Als sie sich wieder umdreht, ist
Martha verschwunden.
Aus den großen Lautsprecherboxen ertönen Walzerklänge. Martha
sitzt neben Hazel auf einem der unbequemen Holzstühle und wippt
mit ihren Füßen zum Takt. Selbstverloren dreht Mr. Sumner Pirou-
etten auf dem stumpfen Fußbodenbelag.
„Früher war der gute Erik Eistänzer", flüstert Hazel ihrer Nachbarin
zu." „Sie sind eine Klatschbase!", raunzt Martha zurück. „Was bin
ich?" Wütend steht Hazel auf. „Ich versuche immer nur, freundlich
zu Ihnen zu sein." Tränen steigen in ihre Augen. „Dann werden
Sie doch mit Ihren Schmetterlingen glücklich!" Verwundert sieht
Martha dabei zu, wie Hazel durch den Raum läuft und die Tür hinter sich zuschlägt. „Dann verschwinde doch. Ich gehe sowieso zu
meinen Eltern zurück."
Die Sonne schiebt sich durch die grauen Wolken. Hazel sitzt auf der
Parkbank. Sie hat sich in einen dicken Kaninchenfellmantel gehüllt
und genießt die ersten Vorboten des Frühlings. Mühsam versucht sie
die Gedanken an ihre Tochter, die sich wie böse Geister in ihr Be-
wusstsein drängen, abzuschütteln. Seit Wochen hat sie von Bridget

nichts mehr gehört. Wieder einmal wird sie dem Dosenbier mehr Aufmerksamkeit als ihrer Mutter geschenkt haben. Mit Schrecken denkt sie an das letzte Treffen zurück, als der Geruch billigen Fusels noch am nächsten Tag im Aufenthaltsraum zu riechen war. Die mitleidigen Blicke des Pflegepersonals spürt sie heute noch. „Darf ich mich zu Ihnen setzen?" Hazel blickt auf und sieht in das blasse Gesicht von Martha O'Brien. „Ach, Sie sind es!" Ohne eine Antwort abzuwarten, setzt sich die neue Bewohnerin neben sie auf die Bank. „Vorsicht! Ich bin eine gefährliche Klatschbase", bemerkt Hazel und rückt weiter nach rechts. „Manchmal habe ich das Gefühl, dass mir alle Wörter aus dem Kopf gefallen sind", flüstert Martha und ignoriert die Bemerkung ihrer Banknachbarin, „die Gedanken fließen aus mir heraus. So lange, bis nichts mehr außer einem großen Loch vorhanden ist." Hazel schweigt und betrachtet den Raureif an den Ästen der riesigen Eiche. „Wohnen Sie auch hier?", fragt Martha plötzlich. „Aber das wissen Sie doch!" „Woher sollte ich das wissen?" „Weil wir uns gestern noch unterhalten haben." „Wirklich?" Hazel spürt, wie mühsam ihre Nachbarin versucht, Halt in ihren Erinnerungen zu finden. Unruhig nestelt sie an ihrem Papiertaschentuch, die hellblauen Augen sehen verloren aus. In diesem Moment erkennt Hazel den Schmerz, der auch ihr eigener ist. Sie ist einsam auf ihrem letzten Lebensweg angelangt. Flüchtig berührt sie Marthas Hände. „Sie haben ganz kalte Hände, meine Liebe." „Sehen Sie, wie sich die Krokusse der Sonne entgegenstrecken? Es wird wieder Frühling", lächelt Martha. „Endlich ist der schwere Winter an uns vorbeigezogen. Das Leben riecht wieder nach frischen Pfefferminzbonbons." Hazel lacht. Eine grau-weiß gestreifte Katze streift durch das feuchte Gras. Für einen Moment bleibt sie stehen und sieht sie aus grünen Augen wachsam an. „Darf ich vorstellen: Das ist Madame Thatcher, unsere Hauskatze." Martha lacht. Sie sieht viel schöner aus, wenn sie lacht, denkt Hazel erstaunt. „Was für ein interessanter Name. Gestatten, mein Name ist Madame O'Brien!" Die Katze schüttelt sich und läuft weiter. „Kommen Sie morgen zum Tanztee, Martha. Ich würde mich sehr freuen." „Ich habe immer sehr gern Walzer getanzt, meine Liebe."

Im zunehmenden Tageslicht glitzern Wassertropfen auf jedem Grashalm. Martha und Hazel sitzen nebeneinander auf der Bank. In ihrem Schweigen liegt Harmonie und ein Anfang.

INES MÖHRING

Dicke Freundinnen

Als sie den Aufruf zum Literaturwettbewerb las, dachte Ines
Möhring an ihre beste Freundin. Die 39-Jährige überlegte,
was diese Freundschaft ge-
fährden könnte. Die Antwort

war einfach: „Wenn eine von uns beiden
ernsthaft abnimmt oder einen Mann kennen
lernt…" So entstand die Idee für ihre Gewin-
ner-Geschichte. Seit rund drei Jahren schreibt
die Magdeburgerin in ihrer Freizeit Texte.
Ines Möhring ist gelernte Erzieherin, arbeitet
jedoch heute als Büroangestellte. Die Zeit
zum Schreiben wird für die Mutter eines neun
Jahre alten Sohnes aber vorerst knapp: Sie hat
im September 2004 ein zweijähriges Abend-
studium zur Heilpraktikerin begonnen.

Irgendwo zwischen Berlin und Rostock stieg sie in mein Auto.
Das Haar vom Wind zerzaust und den hilflosen Ausdruck noch
im Gesicht. Pech, Baby, wärst du hübsch, hätte einer von den Ker-
len sicher angehalten. Für die Hübschen machen sie einarmigen
Handstand, aber so: Bohnenstange ohne alles. Du hättest mit Geld
winken sollen! Nun sitzt du bei der dicksten Frau jenseits des Rand-
streifens im Auto. Bis wohin soll ich dich mitnehmen? Bohni war
erschöpft: Fahr einfach! Ich sag dir Bescheid, wenn ich raus will.

Umso besser, kein Umweg – keine Extratouren. Na dann!, zwinkerte ich ihr zu. Auf nach Laramie, die Sonne putzen! Sie grinste mich schief an, und ich gab Gas. Wunderbar. Ich hätte ein Schild für die Heckscheibe malen sollen: Nilpferd & Stabheuschrecke on tour! Egal, wenigstens hatte ich eine Begleitung. Ein bisschen Smalltalk konnte nicht schaden; vielleicht munterte mich das etwas auf. Doch sie schien nicht gerade ein Entertainer zu sein. Was auch immer ich fragte: Mann? Kinder? Liebhaber? Keine Antwort. Ich hätte genauso gut allein im Auto sitzen können. Nach ein paar Warmlaufsätzen ging mir die Luft aus. Sollte sie doch schweigen. Von mir aus. Ich bin lesbisch. Mein Kopf machte einen Rechtsruck: Ach so, stammelte ich. Hugh! Die Hohepriesterin der schlagfertigen Antwort hatte gesprochen. Wie schön, dass mir immer gleich so etwas Kluges einfällt. Aber jetzt war mir wenigstens klar, warum sie eine geschlagene Stunde mit dem Wagenheber in der Hand am Straßenrand gestanden hatte. Männer riechen das eine Meile gegen den Wind. Und ich hab mal 'n schwulen Freund gehabt. Scheiße, was rede ich denn da? Sie sah mich gelangweilt an, und just in diesem Augenblick verweigerte mein Antitranspirant die weitere Mitarbeit. Ich würde stinken wie ein Iltis, bis ich am Ziel war. Aber Bohnenstange konnte sprechen, wer hätte das gedacht. Obwohl, so wie es aussah, war es wohl der letzte Satz des Abends gewesen. Irgendwie fühlte ich mich verpflichtet, die Stimmung zu retten. Ich warf die Rosenstolz-CD ein, Aushängeschild der Schwulen- und Lesbenszene und mein Outing als Sympathisant. Die richtige Untermalung für Weinkrampfanfälle und traurige Gelegenheiten aller Art. Meine Nacht hat 48 Stunden und mein Tag schaut nie vorbei … Wie wahr. Ich zündete uns eine Zigarette an und gab ihr eine. Sie nahm sie. Wortlos. Woher hatte ich gewusst, dass sie raucht?
Du fragst dich bestimmt gerade, was schlimmer war? Auf der Straße stehen zu bleiben oder mit dieser dicken Dummtucke unterwegs zu sein, deren Deodorant ein Fehlgriff war? Ich sag dir was: Schlimmer ist es da, wo ich jetzt hinfahre. Sie sah mich an. Schweigend nahm sie einen tiefen Zug. Was ich als Zustimmung wertete, weiterzuerzählen:
Ich fahre zu meiner ehemals besten Freundin, und eins ist sicher: Beste Freundinnen mit dem Zusatz „ehemals" sind so ziemlich die letzten Menschen, denen du noch einmal begegnen möchtest. Sie wissen alles von dir, jedes intimste Detail, und du fragst dich immer,

wem sie wohl in einem Anflug von Verachtung davon erzählt haben mögen. Seit drei Jahren gehe ich ihr aus dem Weg, und nun heiratet sie und hat mir eine Einladung geschickt, aus der unmissverständlich hervorgeht, dass es die letzte ist. Ich hatte also die Wahl: zereißen und Ende oder Luft holen und durch. Ersteres wäre mir ja lieber gewesen, aber ich will mir ungern die Schuld für das Ende unserer Freundschaft geben lassen. Soll sie es doch versauen. Viel fehlt ja nicht mehr. Hatte ich da im Augenwinkel so etwas wie ein zustimmendes Nicken bemerkt? Ich sah kurz zur Beifahrerseite, aber genauso gut hätte ich auch durch sie hindurch auf die Straße blicken können: Da war nur ein unbewegliches Nichts. Ich redete trotzdem weiter. Solange sie sich nicht wehrte oder einschlief, hatte ich wenigstens etwas zu tun. Weißt du, wovor ich mich am meisten fürchte? Mal davon abgesehen, jetzt von einem schnuckeligen Polizisten angehalten zu werden, und ich stinke wie ein Braunbär in der Brunft? Keine Antwort. Am meisten fürchte ich mich davor, dass sie wahrscheinlich aussehen wird wie Cinderella, und ich? Alle werden sich fragen, ob ich schon wieder dicker geworden bin und jeden Bissen in meinen Mund zählen. Aber den Gefallen tue ich ihnen nicht. In der Öffentlichkeit wird nicht gegessen. Dafür trinke ich umso mehr, und nach fünf Gläsern Wein ist Laut- und Ordinärsein das Einzige, was ich noch zustande bringe. Das ist so sicher wie das Glockenläuten am Ostersonntag. Nach weiteren fünf erzähle ich allen im Umkreis von drei Tischen, dass ich seit einem Jahr keinen Sex hatte, und finde jeden Mann erotisch, der mich auch nur ansieht. Glaub es mir, man kann sich auch Männer schön saufen. Die folgenden Ereignisse verschwinden dann schon im gnädigen Nebel des Vergessens. Ich grinste in mich hinein. Ja, so ähnlich würde es wohl laufen. Sie sah mich spöttisch an, mit einem angewiderten Zug um den Mund. Irgendwie wurde ich aus ihr nicht schlau. Es war so ein einseitiges Gespräch. Kein: Ja, das kenn ich ... Genau, das hab ich auch schon erlebt ... Keine Frage. Einfach nichts. Früher sind wir die dicksten, allerdicksten Freundinnen gewesen, machte ich einfach weiter, und das kannst du ruhig wörtlich nehmen. Wir behaupteten immer, die beiden einzigen Objekte zu sein, die (neben der Chinesischen Mauer) vom Weltraum aus zu sehen waren. Kugelrund, glücklich und unbemannt. Was haben wir über uns und unsere Unfähigkeit, einen Ansatz von Disziplin zu zeigen, gelacht. Regelmäßig an einem Montag begannen wir unter Beachtung der Mondphase und unseres Menstrualzyklus mit einer neuen Diät und scheiterten donnerstags. Ja, wir jammerten deswegen. Aber waren wir nicht ein wunderbares Team? Sollten sie doch lästern. Uns ging es gut. Wir hatten alles, was wir brauchten, und keinen Grund, unzufrieden zu sein. Mal von passenden Klamotten abgesehen.

Man musste sich nur ordentlich motivieren können, und unsere Mutmachersätze begannen meist mit einem „Dafür":

a) Dafür können wir gut kochen (darum sind wir auch so dick).

b) Dafür kann man mit uns Spaß haben (mürrische Dicke kriegen ja auch null Sympathiepunkte).

c) Dafür sind wir gut im Bett (Dicke geben sich mehr Mühe!, siehe b).

d–z) 23 weitere Dafürs.

Wenn sie meine Wohnung verließ, duftete es noch Stunden später nach Limonen. Ihrem Duft. Einem Geruch, der dafür sorgte, dass ich mit einem Schlag ruhiger wurde. Sollte doch alle Welt gegen mich sein, ihr würde schon etwas einfallen, das mich wieder zum Lachen brachte. Ihr fiel immer etwas ein. Sie tröstete mich, wenn ich einsam war, und ich rief sie jeden Abend an, um zu hören, ob sie noch am Leben war. Schließlich hatten wir nur uns und keine wollte, an einem Hühnerbein erstickt, tagelang stinkend in der Wohnung liegen. Wenn es uns schlecht ging, gab es keine Tageszeit oder Uhr oder Termine. Unsere Probleme konnten nicht warten. Meine nicht und ihre schon gar nicht. Sie war dauerhaft in einen verheirateten Kerl verknallt, der ihre Rubensfigur in der Nacht liebte, aber für den Tag etwas Vorzeigbares wollte. Wir haben mehr verheulte Stunden am Telefon verbracht als Muhammad Ali im Boxring. Aber wir waren genau solche Kämpfer wie er. Das Telefonat wurde erst beendet, wenn beide wieder lachten.

Ich seufzte und machte eine kurze Pause. Was für eine Zeit ... Sie fehlte mir, das stand fest. Hörte mir Bohnenstange eigentlich noch zu? Zumindest schlief sie nicht. Irgendein Einwand, dass ich weitererzähle? Sie schüttelte den Kopf. Anscheinend gefiel ihr die Passage über die Schlechtigkeit der Männer oder wollte sie nur höflich sein? Ich räusperte mich. So lange hatte ich nicht davon gesprochen. Es war schön, sich zu erinnern. Ich hatte mich in dieser Zeit so wohl gefühlt, behütet wie ein Kind. Oder einfach nur glücklich.

Wie warmer Marmorkuchen im Bett an einem verregneten Nachmittag. Damals verliebte ich mich ständig in irgendwelche fremden unerreichbaren Männer, denen ich nachfantasierte. Doch sie ertrug meine Tagträumereien mit einem Grinsen: Ach Süße, du spinnst doch nur wieder. Oder ist es was Ernstes? Dann müssen wir etwas tun. Ja, spinnen ..., das konnte ich. Und sie? Trost spenden, Kraft geben, Mut haben und über alles lachen. Wir waren zwei übergewichtige Singlefrauen Ende dreißig, und wie heißt es so schön bei „Schlaflos in Seattle": „Es ist statistisch gesehen wahrscheinlicher, von Terroristen entführt zu werden, als mit vierzig noch mal zu heiraten."

Es klingt deprimierend, ich weiß. Aber für unsere Leidensphasen von November bis März und an den Feiertagen hatten wir ja uns, jede Menge Rotwein und die Rosenstolz-CDs. Dann kam die Sonne oder das Delirium und es ging uns wieder besser.

Niemals hätte das jemand trennen können, außer ...

Ja, außer ein Mann oder eine einseitige Gewichtsabnahme.

In unserem Fall war es beides und es betraf nur sie. Während ich noch in den Osternachwehen lag und meinen persönlichen Rekord im Zunehmen innerhalb von vier Tagen gebrochen hatte, nahm sie plötzlich ab. Nach drei Monaten sah sie neben mir aus wie ein Fremdkörper, und ich begann mich zu schämen. War denn nur ich zu dusselig dafür? Wenn man ihr zuhörte, musste man das annehmen. Sie wurde eine Hardcore-Abnehmerin, militante Salatesserin und Tag-und-Nacht-Sporttreiberin. Je mehr sie abnahm und je mehr Vorträge sie mir hielt, umso mehr stopfte ich heimlich in mich hinein. Vor ihren Augen ging von nun an nicht mehr. Nach neun Monaten war sie mit bloßem Auge kaum noch zu erkennen, und ich wagte mich nicht mehr aus dem Haus. Dann verliebte sie sich auch noch. Himmelherrgott, was war ich neidisch. Während sie sich die Lippen wund küsste, aß ich ein Pfund Vanilleeis auf meinem Sofa. Jeden Abend. Sie rief mich an. Immerzu. Sie wollte von ihm erzählen, meine Meinung hören, ihr Glück teilen. Aber zu diesem Zeitpunkt hatte unsere Freundschaft bereits einen schier unüberwindlichen Knacks bekommen. Ich gehörte einfach nicht mehr dazu. Sie hatte nicht wirklich Schuld, aber den Ehrenkodex verletzt. Dicke Freundinnen nehmen nur gemeinsam ab oder gar nicht. Punkt.

Blödsinn. Du kannst nicht jahrelang behaupten, auf die inneren Werte käme es an, weil du als Dicke äußerlich nichts vorzuweisen hast, und plötzlich auch nur nach der Hülle sehen!

Ich sah Bohni an. Hatte sie etwa gesprochen? Sie saß völlig unbeteiligt da. Ich weiß, es ist ungerecht von mir. Sie hat einfach nur ihr Leben geändert, aber ich meins nun mal nicht. Eine Scholle hat sich vom Eisberg gelöst, und die zweite hat es nicht geschafft. Vielleicht musste sie das tun, sonst wären wir zusammen zu ewigem Eis geworden? Wirst du wieder philosophisch? Fast hatte ich ihre Stimme im Ohr. Wir waren da. Mein Herz klopfte zum Zerspringen, als sie durch mein Fenster sah. Ich drehte mich zu Bohni um. Sieht so aus, als müsstest du hier aussteigen, jetzt wird geheiratet. Die Braut riss die Tür auf: Na Süße, mit wem hast du gesprochen? Du hast wieder gesponnen, stimmt's? Wer war denn diesmal dein Reisebegleiter? Brad Pitt? Hugh Grant? Oder gibt's einen neuen Helden, von dem ich noch nichts weiß? Es war 'ne Lesbe, flüsterte ich. Prima. Endstadium. Jetzt bringst du es noch nicht mal mehr in deiner Fantasie zu einem Mann. Los, komm! Hier gibt's 'ne Menge in Frage kommende Kandidaten. Sie drückte mich an sich. Limonenduft einatmend, war ich zu Hause.

GUNNAR RECHENBURG

Strömung

Seine ersten Texte lieferte der
gebürtige Bremer als freier
Mitarbeiter für Tageszeitungen
und Stadtmagazine ab, parallel
dazu studierte er in Göttingen
und London Ethnologie, Politik
und Germanistik. Nach einer Station als Pressereferent der Gesellschaft für bedrohte Völker machte er ein Volontariat bei einer Tageszeitung in Eckernförde – seitdem arbeitet er
als freier Journalist. Der 34-Jährige schreibt
seit seiner Jugend Kurzgeschichten. Wie er
zu der Idee für „Strömung" kam: „Ich habe
die Erzählung in Bonn am Rhein sitzend
geschrieben, es wird wohl der Fluss gewesen
sein, der mich inspiriert hat." Wasser ist ein
immer wiederkehrendes Motiv in seinen
Geschichten, zurzeit schreibt er an einem
Roman über ein Hausboot.

W ir waren in einem Café verabredet. Es war uns mehr als vertraut, wir hatten uns dort das erste Mal gesehen. Ich
bestellte Milchkaffee. Sie verspätete sich. Die Sonne
schien herein, draußen war Frühling. Als sie kam, begrüßten wir uns
kurz, ohne Kuss, ohne Umarmung. Sie hatte geweint. „Wie geht's?",
fragte ich sie, nur um etwas zu fragen. Wie sollte es ihr schon gehen?

Sie zuckte mit den Schultern, schwieg. Auch sie bestellte einen Milchkaffee und sah hinaus. Wir hatten ihn betrogen und wir hatten uns betrogen. Diese eine Nacht voller Leidenschaft, jenseits der Freundschaft, diesseits der Liebe. Sie war seine Liebe, ich sein Freund. Und jetzt? „Was denkst du?", fragte ich. „Was soll ich schon denken?", antwortete sie. Ich wusste, was sie meinte. Warum hatten wir uns getroffen? Hatten wir geglaubt, wir könnten uns trösten? Sie hatte es ihm gesagt, wie, weiß ich nicht. Auch was sie ihm erzählt hat, weiß ich nicht. Ich hatte es auch versucht, vor wenigen Tagen noch. Beim Bier, zu zweit und doch nicht allein. Sie war immer da. Neben uns, dann zwischen uns. Und jetzt? Ich wollte reden, erklären, wollte entschuldigen und als Gegenwert nichts weniger als Absolution. Reden, Schweigen, Lachen, Weinen, große und kleine Gefühle. Das war unsere Freundschaft gewesen, von allem ein bisschen: Sandkasten, Die drei Fragezeichen, Fünf Freunde und die großen Abenteuer da draußen in der Welt. Was werden wir als Nächstes unternehmen, hatte er gefragt. Nepal, Indien, Patagonien oder doch wieder Afrika? Waren wir nicht immer zusammen unterwegs? Irgendwie, irgendwo, zwischen Bierglas und Weitfortistan, den Simpsons und Dostojewski, Robbie Williams und Wagner. Irgendwann war er mit ihr hereingekommen in dieses Café. Er war glücklich gewesen, sie auch, und wir waren unterwegs, zu dritt zwischen Freundschaft und Liebe. So ging es Wochen, Monate, dann wollte ich mit ihm reden und es war zu spät. Die Sonne schien in ihr Gesicht. Sie rauchte und sah aus dem Fenster ins Nichts. Dann öffnete sie ihre Tasche, zählte Münzen ab und legte sie auf den Tisch, steckte die Zigarettenschachtel ein und gab mir einen Umschlag, einen Brief. Von ihm. Zum Abschied sahen wir uns in die Augen, keine Umarmung, kein Kuss. Wir wussten, dass wir uns das letzte Mal sahen. Ich zahlte, als sie schon draußen und hinter der Straßenecke verschwunden war. Die Sonne war fast untergegangen. Ich ging hinaus, die Straße hinab. Unter seinem Fenster im zweiten Stock blieb ich stehen. Die Vorhänge waren noch immer zugezogen. Ich ging die Straße weiter, runter zum Fluss. Dort stand ich am Ufer, sah ins Rot der Sonne auf dem Wasser. In meiner Tasche fühlte ich den Brief von ihm. Auf dem zugeklebten Umschlag stand mein Name, geschrieben mit seiner unverkennbaren Handschrift. Wäre er nicht zugeklebt gewesen, hätte ich den Brief wohl gelesen. Aber er war zugeklebt, fein säuberlich. Ich konnte ihn nicht öffnen und lesen. Ich nahm ihn, warf ihn ins Wasser. Erst langsam, dann schnell wurde er weggetrieben. Dann hinabgezogen. War es ihm auch so ergangen? War er auch rausgetrieben worden von der Strömung? Hatte er versucht zu schwimmen? Wurde er auch in die Tiefe gezogen? Zwei Tage war er bereits tot, als man ihn fand, knapp einen Kilometer von hier entfernt. Er hatte nichts bei sich bis auf seine Kleidung, einen Ring und ein Amulett um den Hals. Den Ring hatte er von ihr, das Amulett, ein Glücksbringer, von mir. Und die Polizei hatte gefragt, ob es wohl ein Motiv für einen Selbstmord geben könnte.

SIGRID EGGERSGLÜSS

In der Nacht, als Jonathan kam

Die gelernte Buchhändlerin aus dem niedersächsischen Bad Bentheim schreibt seit ihrer Jugend Geschichten und Lyrik. Um ihren Stil zu verbessern, absolvierte die 55-Jährige einen zweijährigen Fernkurs bei der Hamburger „Schule des Schreibens". Der Lohn: Zwei ihrer Kurzgeschichten erschienen in Anthologien bei Rowohlt, gerade arbeitet sie an einem Roman. Die Idee zu dieser Erzählung ist authentisch: „Als XXL-Molli sind mir keine Diät und kein Frust fremd. Die Protagonistin Luise ist nur schlauer als ich, denn ich brauchte doppelt so viele Jahre, um einen Schlussstrich unter Selbstkasteiung und Kalorientabellen zu ziehen. Das geschah, kurz bevor diese Story entstand."

Während ich eine Schere im Gerümpel der Küchenschublade suche, um eine Diät-Tütensuppe aufzuschneiden, überkommt mich das heulende Elend. Ich donnere die Lade zu, reiße die Kühlschranktür auf, greife blind eine Flasche Sekt und lasse mich auf meinen Stammplatz am Küchentisch fallen. Die Kochzeile und das Fenster im Rücken. Der Korken floppt, ich schütte das schäumende Zeug in ein umfunktioniertes Senfglas und schlürfe gierig, allen sonst zelebrierten Gewohnheiten zum Trotz. Schließlich trinke ich nicht aus Spaß. Prost, Luise! Diesen Augenblick habe ich genauso gefürchtet wie herbeigesehnt. Seit sechzehn Tagen und der ersten Diät-Tüte. Adios, Gazelle, ade, schlankes Reh! Flusspferde – ich bleibe! Das war's, Luise. So bist du also: willenlos, fett, 28 Jahre alt, Studentin im hundertsten Semester, süchtelnd, phobisch, ledig, ohne Anhang. Paul hebt kurz seinen dicken Kopf, als sei er mit meinen Gedanken nicht ganz einverstanden. Also doch mit Anhang, mehr als ich manchmal verkraften kann. Es ist schon einige Jahre her, er zerrte angebunden an einem Laternenpfahl vor meinem bevorzugten Edeka-Laden an seiner Leine und schaute mich mit triefig-traurigen Hundeaugen an. Die Verkäuferin zuckte mit den Schultern, als ich nach dem Besitzer fragte. Also nahm ich das Vieh mit, das niemand vermisste und das mir seit diesem Tag nicht mehr von der Seite weicht. Im Moment bläst sein Blick Trübsal, so passt er sich mit tiefem Einfühlungsvermögen meiner augenblicklichen Stimmung an. Nachdem meine Mutter und mein Vater vor zwei Jahren bei einem Autounfall verunglückt sind, bin ich in mein Elternhaus Marke Siedlungsidylle mit Garten zurückgekehrt. Ich wohne nicht immer allein, denn sporadisch leistet mir mein Freund Sigwart Gesellschaft, der Ingenieur, wenn er mal wieder irgendwo auf der Welt eine Arbeit beendet hat. Sicher sind diese kurzen Stippvisiten der Grund dafür, dass wir nun schon seit sechs Jahren ein Paar sind oder eher waren. Denn ich scheine nur noch als sein Heimathafen zu existieren, in den er ganz gern einfährt, um sich von beruflichen Erfolgen und anderen männerkräfteraubenden Aktivitäten erholen zu können. Meine Zeit des Heulens ist vorbei. Unsere gemeinsame Zeit wohl auch. Als Andenken haben es sich zwanzig Kilo Traurigkeit auf meinem Körper gemütlich gemacht. Die Flasche neben mir ist leer. Genug ist nie genug, aber ich will nicht gleich am ersten Abend übertreiben, und außerdem muss Paul seinen Haufen machen. Er steht schon an der Tür. Im Garten flitzt er erst zu seinen Bäumen, dann wie gewohnt auf eine bestimmte Rasenecke, was mein Entsorgungsproblem erleichtert. Wir trotten ums Karree. Paul gleicht mit seinen grauen Locken, den Schlappohren und dem unförmigen Körper mehr einem ausgebeulten Wollschaf als einem Kampfhund, so dass selbst militante Hundehasser weder Leine noch Maulkorb einfordern. Wir sind ein scharfes Pärchen und passen wie Deckel auf Pott. Sigwart allerdings lehnt es seit jeher ab, sich mit uns auf der Straße zu zeigen. Diese Tatsache und der wiederholte Spruch „Ein guter Hahn wird niemals fett" haben mir selbst in unserer ersten Verliebtheitsphase Wutknoten im Bauch verursacht. Warum eigentlich? Bin ich ein Hahn? Mein Magen knurrt, ich denke an das übersichtliche Kühlschrankinnere. Morgen werde ich Zutaten für ein Fünf-Sterne-Luise-Menü einkaufen. „Komm, Paul, ich bin müde!" Er legt sich brav in seinen Korb auf die voll gemuffte Decke und schickt mir seinen abendlichen Hundekuchenblick. Seit ich weiß, dass Paul stocktaub ist auf beiden Ohren, bekommt er jeden Abend zwei Hundeleckerlis, eines für jedes Ohr. Er schleckt sie hingebungsvoll ab, ohne sie zu zerbröseln. Morgens sind sie verschwunden. Mein Schlafzimmer liegt im ersten Stock. Es ist neben der Küche der gemütlichste Raum im Haus. Ein breites Bett, Regale mit Büchern für jegliche Stimmung, zwei knallrote Kommoden, Fernseher, Tischchen mit Platz für Flaschen, Gläser und Kerzen sind zwar kein Garant für den ultimativen Sex und die Befriedigung aller Gelüste, aber schaffen zumindest den Rahmen, den meine Seele braucht. Die Spiegel im Haus habe ich irgendwann in anfallsartiger Verzweiflung zugesprayt. Ein winziger Taschenspiegel zur Kontrolle monatlicher Akneschübe muss nun reichen. Bekleidet mit einem orangenen XXL-Shirt lege ich mich nach Dusche und Zähneputzen ins Bett. Springe sofort wieder auf und schalte das Deckenlicht ein. Ohne die tägliche Zimmerinspektion, bei der ungebetene Gäste wie Spinnen, Flug- und Krabbeltiere jeder Art aufgespürt werden, kann ich nicht einschlafen. Joschi, mein direkter Nachbar, fungiert klaglos als Kammerjäger. Er bekommt die eine oder andere Flasche Wodka dafür. Sollte er mal nicht greifbar sein, stehen Ausweichquartiere zur Verfügung. Sichtbare Kleintiere sind heute nicht auszumachen. Das andere Gekrabbel in Mikroformat verdränge ich. Guts Nächtle, Luise, träum von Pasta, Pudding, Pommery. Das Unischwänzen wegen Tütensuppen hat nächste Woche ein Ende. Mein Schlaf ist leicht, vor allem seit Pauls Lauscher ausgefallen sind. Ein undefinierbares Geräusch hat mich aufgeweckt. Paul schleicht nachts nicht herum, die Küchentür ist zu. Die Eingangstür knarrt. Jetzt wieder. Da ist doch jemand. Ich sitze senkrecht im Bett, mein Puls rast, meine Pumpe hämmert, das ganze Programm, das einen ordentlichen Adrenalinschub ausmacht. Sigwart kann es nicht sein, er weilt zurzeit in Afrika. Außerdem klingelt er, seit ich ihn vor Jahren mit einer vollen Colaflasche zu Boden schlug, nachdem er mich mitten in der Nacht fast zu Tode erschreckt hatte. Es sollte ein Überraschungsbesuch werden. Ein Treffer. Ich knipse die bereitgelegte Taschenlampe an, nur kein Lärm und kein auffälliges Licht. Neben mir liegt mein neuer Schreckschusscolt. Lautlos stehe ich auf und lausche an der Tür. Meine Blase drückt, wie immer im ungünstigsten Augenblick. Jetzt höre ich Schritte. Es wird ernst. Ich stehe nicht das erste Mal mit einem Ohr an dieser Tür, frierend und mit angehaltenem Atem. Jeder hält mich hinsichtlich meiner Angst vor Einbrechern für paranoid. Wer hat nun Recht? Meine lästernden Freunde oder ich? Ohne das geringste Geräusch zu verursachen, die Pistole fest in der Rechten, schleiche ich die Treppe hinunter. Plötzlich geht das Flurlicht an und ein Typ steht vor mir. Ich ziele auf ihn, seine Arme schießen in die Höhe. Er scheint unbewaffnet. Dann erkenne ich ihn. Jonathan, mein Kumpel Jonathan, aus dem Heine-Seminar. Aus dem Gedichte genauso spontan herauspurzeln wie Spitzen gegen Wichtigtuer. „Scheiße, was machst du in meinem Haus?" Er nimmt langsam die Hände herunter und stottert was von Sorgen, die er sich gemacht hätte, weil ich nicht in der Uni war. Er hält meinen Wohnungsschlüssel in der Hand. „Wie kommst du an den Schlüssel?" „Frau Braun, deine Nachbarin, hat ihn mir gestern gegeben. Du hast mal erzählt, dass sie immer deine Blumen gießt, wenn du weg bist. Sie denkt wohl, wir sind ein Paar oder so." Langsam wird mir schwummrig. Ich muss aufs Klo, brauche einen Schnaps und etwas zum Anziehen. „Komm in die Küche." Ich deute auf den müden Hund. „Das ist Paul." Der schaut einmal kurz hoch und rüsselt weiter. „Da hast du dir ja einen tollen Wachhund angeschafft." „Paul ist taub, ich kurzsichtig, es passt. Im Kühlschrank ist Wodka, ich komm gleich wieder." Jonathan muss vor Schreck ein ganzes Glas auf ex getrunken haben, denn als ich einigermaßen besucherfreundlich zurückkehre, kämpft er mit einem Hustenanfall. Ich klopfe ihm kräftig auf den Rücken. Eine kleine Abreibung muss sein. „Prost, nimm dir ruhig noch. Nebenbei wüsste ich gern, wieso du nachts bei mir herumschleichst?" „Okay. Du bist schon seit zwei Wochen nicht mehr in der Uni, du gehst nicht ans Telefon, dein Handy ist abgeschaltet, du machst nicht auf, wenn ich läute." „Du hast geschellt? Verdammt, dann ist die Klingel wieder im Eimer. Hast du gedacht, du findest hier eine Leiche? So ganz falsch liegst du da nicht. Noch ein paar Tage Diät und ich wäre umgekommen. Vor Hunger." „Das glaub ich jetzt nicht! Du machst eine Diät? Salatblatt und Mineralwasser light? Dann geh ich jetzt mal Currywurst holen und Fritten. Auf eine halb verhungerte Luise steh ich nicht so."„Spinnst du? Auch wenn du es nicht wahrnimmst, unter diesem Zelt schlägt das Herz einer Frau." „Ich nehme es wahr." Er grinst. „Ich dachte, du bist schwul." „Glaubst du alles, was man so redet? Vielleicht bin ich ein bisschen schüchtern. In mancher Hinsicht nicht ganz so mutig." „Aber für Notlügen bei Nachbarn und kleinen Einbrüchen reicht dein Mut dann doch!" Eine halbe Stunde später, es ist nach eins, sitzen wir drei beisammen. Paul mit einem Wienerle im Maul, Jonathan und ich am Tisch vor Doppel-Fritten und Doppel-Currywurst. „Meinst du, Paul hätte was dagegen, wenn wir öfter zu dritt Gassi gehen?", murmelt Jonathan mit halb vollem Mund. „Wir drei? Der Hund und du und ich? Tagsüber, wenn alle uns sehen können?" „Komische Frage. Ja klar! Hast du ein Problem damit?"Ich schüttele den Kopf und schiebe ihm die restlichen, in der roten Soße schwimmenden Wurststückchen hinüber. Mein Hunger ist verschwunden. Jonathan isst, trinkt, lächelt mich an und streicht sich eine Locke aus der Stirn. Er ist so schön. Er füttert mich mitten in der Nacht mit Fastfood. Er will mit mir und Paul am helllichten Tag durchs Viertel laufen. Wach auf, Luise, du träumst.

„Ich geh dann jetzt. Sehen wir uns morgen?"

NICOLE SCHMIDT

Königinnen

Bei ihr zu Hause in Heidelberg stapeln sich Kurzgeschichten, Gedichte, ein Roman und ein Drehbuch.  Gerade hat die 29-Jährige einen Ratgeber zum Thema Nichtrauchen fertig gestellt und ist auf der Suche nach dem passenden Verlag. Die Mutter eines sechs Jahre alten Sohnes studierte Ethnologie, klassische und moderne Indologie. Zurzeit arbeitet sie als wissenschaftliche Hilfskraft der Universität Heidelberg und macht ein Fernstudium zur Deutschlehrerin für Ausländer. Hinter der Idee zu ihrer Geschichte um einen Seitensprung steckt ein weit verbreitetes Phänomen. Nicole Schmidt: „Wie schnell Männer ihr Gehirn bei bestimmten weiblichen Reizen ausschalten."

B is heute werfe ich mir vor, dass ich Christine an diesem Abend nicht in den Arm genommen habe. Ich hätte ihr sagen sollen, wie einzigartig sie ist. Wir kannten uns so gut, dass wir über viele Dinge nicht mehr reden mussten, weil wir ein Einvernehmen voraussetzen konnten. Aber vielleicht müssen manche Dinge in einer Freundschaft trotzdem ausgesprochen werden, nicht nur einmal, viele Male, immer neu. Es war diese Nacht in dieser Bar, in der wir so viele Nächte zuvor schon gewesen waren, einige Wochen vor diesem Gespräch aber nicht mehr, und als wir eintraten, sagten wir beide zur gleichen Zeit: „Alles noch wie immer". Ich bemerkte es erleichtert, beruhigt, aber Christine hatte es bedrückt gesagt, angewidert, dachte ich später. Wie jedes Mal setzten wir uns an einen Vierertisch direkt gegenüber der Bar. Unsere Jacken legten wir auf die freien Plätze neben uns, damit niemand auf die Idee kommen sollte, uns an diesem Tisch Gesellschaft zu leisten. Wir schwiegen lange, bevor wir zu reden begannen und gar nicht mehr aufhören wollten damit. Mir ist das nichts Neues. Wenn ich einmal damit angefangen habe, Wörter zu suchen, die das ausdrücken, was ich sagen will, kann ich gar nicht mehr damit aufhören, alle Ecken meines Kopfes zu durchsuchen nach neuen Wörtern, nach Buchstaben, die sich aneinander reihen wie einzelne Geschichten zu einer Lebensgeschichte, die auch immer neu und anders erzählt werden kann. So wenig ist definitiv. Ich weiß nicht, ob ich diesen Satz auch damals dachte, als ich schweigend rauchte und schneller trank, als es mir schmeckte. Christine trank Rotwein aus einem fleckigen Glas, „Geschirrspülmaschine", sagte sie, während sie auf das Glas deutete, und dann lange nichts mehr. Ich trank Bier, wie immer, aus der Flasche, nicht aus dem Glas. „Du bist nicht lang genug gestillt worden", hat Christine einmal gesagt, und ich habe einen Winterabend lang darüber nachgedacht, ob das stimmt. Sie hat Recht: Nichts an mir ist gestillt, keine Sehnsucht, kein Verlangen, keine Lust. Wenn ich mich etwa einmal im Monat dazu aufraffe, am Vormittag nach dem Frühstück aus der Tür zu treten, das Haus zu verlassen in meinem grauen Jogginganzug und dann loszulaufen, durch die zwei Straßen, die das Haus von den Feldern trennen, durch die Felder, die Berge entlang, dann ist das wie mit dem Reden. Ich kann einfach nicht mehr aufhören. Ich laufe und laufe und kämpfe vom ersten Schritt an mit mir selbst, weil ich weiß, dass ich zu weit laufe, dass der Heimweg beschwerlich sein wird, dass ich die letzten fünfhundert Meter werde gehen müssen, um nach Hause zu kommen. Auch mit dem Trinken ist es bei mir so, und vielleicht trinke ich deshalb nur selten und auch nur Bier. Und ich versuche, das Weinen zu vermeiden, weil ich weiß, dass jede einzelne Träne nichts als eine Vorankündigung wäre, eine Heeresmutter, die ihre zwanzig und vierzig Soldatinnen nach sich zieht. Draußen war es bereits dunkel gewesen, als wir die Bar betreten hatten, und die wenigen Gäste, die noch hereinkamen, klopften sich lachend oder ärgerlich die Schneeflocken von den Mänteln und Anoraks. Als Christine endlich etwas sagte, war es: „Weißt du, es ist nicht, dass er eine andere hat, was mich stört." Ich sah sie fragend an. Ich wusste, dass Jonas eine andere hatte, Christine hatte es mir am Telefon erzählt, am Nachmittag, sie wusste es seit vier Tagen. „Es ist, dass ich sie nicht kenne", sagte Christine und spielte mit ihrem Tabak. Sie hatte noch keine geraucht. Sie rauchte immer erst spät. Ich sah auf den Aschenbecher, in dem ich bereits zwei Zigaretten ausgedrückt hatte, und nahm mein Feuerzeug in die Hand. „Eine neue Flamme", stand darauf, und ich verdeckte die Schrift mit meinen Fingern und fühlte mich wie eine Betrügerin, weil ich dieses Feuerzeug eingepackt hatte, als wir losgegangen waren, ohne auf die Aufschrift zu achten. Ich wusste, dass ich es nicht gekauft hatte, ich kaufte niemals Feuerzeuge mit Aufschrift, jemand, der zu Besuch bei mir war, musste es liegen gelassen haben. „Glaubst du nicht, dass du noch eifersüchtiger wärst, wenn du sie kennen würdest?", fragte ich. Christine schüttelte den Kopf. Sie begann, sich eine Zigarette zu drehen, hielt inne und sagte sehr viel auf einmal, laut und klar: „Ich will wissen, was das für eine Frau ist. Ich stelle mir alles Mögliche vor. Weißt du, wie das ist? Ich liege jeden Tag stundenlang auf meinem Bett und stelle mir ihr Gesicht vor, ihren Arsch, ihre Titten. Trägt sie Ohrringe? Hat sie eine Tätowierung? Ich stelle sie mir vor, wie sie irgendwo entlanggeht, zu einer Bibliothek, zu einem Seminar, sie studiert, hat Jonas gesagt, sie studiert, aber ich weiß nicht, was. Ich frage mich, ob sie auf die Demos gegen den Krieg geht und ob sie verschiedene Sprachen flüssig spricht. Ob sie Mäntel trägt oder eine Lederjacke. Ob sie Schuhe mit hohen Absätzen hat oder ob sie das unwürdig findet." Ich drücke meine Zigarette aus und sehe Christine ins Gesicht. „Was hat er denn gesagt? Ich meine, ihr liebt euch doch!" „Wir lieben uns!", sagt Christine, und ich kann nicht heraushören, ob sie es sehr ernst oder sehr ironisch sagt. „Er hat gesagt, was Männer dann eben so sagen. Dass es ihm zu langweilig ist mit mir, dass ich nur herumsitze und meinen Arsch nicht hochkriege und dass sie ein aufregendes Leben hat. Sie studiert…" „Sie studiert", sage ich. „Das hat doch nichts zu bedeuten. Wenn du sagst, dass du malst, weiß doch auch noch kein Mensch etwas über dich." Natürlich sehe ich Christines Bilder immer als Erste, häufig noch vor Jonas. Sie malt starke, eindringliche Gegenstände in leuchtenden

Farben: pochende Herzen in Altrosa, schmelzende Blumen in Gelb und Grün und bunte Frauen, die nach allen Seiten Wurzeln schlagen. Nach jeder ihrer vier Ausstellungen wurden ihre Bilder in der Presse gelobt, doch keines davon hat sie jemals verkauft. Wir sprechen nicht oft darüber. Ich weiß, wie leidenschaftlich und ausschließlich sie arbeitet. Ich weiß auch, dass sie nebenbei für ein Marktforschungsinstitut stundenlange, zermürbende Gespräche vom Tonband tippen muss, um die Miete zahlen zu können. Christine schüttelt erneut den Kopf. Ich winke der Kellnerin. Sie ist jung und hübsch und sieht uns freundlich an, als sie noch einen Wein und eine Flasche Bier auf den Tisch stellt. „Eben. Das sagt noch gar nichts. Deshalb will ich sie ja auch kennen lernen. Wer weiß, vielleicht können wir ja Freundinnen werden." Christine lacht kurz auf. Sie sieht verzweifelt aus, und als sie trinkt, betrachte ich sie. Sie ist so schön wie kein anderer erwachsener Mensch, den ich kenne. Ihre Haare sind dick und lockig, ihre Haut ist zart und rein, und ihre Augen sind Märchenaugen. Ihre Brüste sind weich und rund. Wenn sie tanzt, schließt sie die Augen, und ich bin stolz darauf, dass ich zu den wenigen Menschen gehöre, die sie bisher tanzen gesehen haben.

„Seit wann kennt er sie denn?", frage ich hilflos, ich versuche, dem Gespräch eine neue Richtung zu geben, die uns aus dieser Unwirklichkeit reißt. „Ich weiß es nicht", sagt Christine. „Ich weiß gar nichts." Sie will lächeln, und ihre Lippen, die so gegen ihren Willen gezwungen werden, formen sonderbare, lächerliche Muster. Wir sitzen lange und reden. Jonas hat es Christine vor vier Tagen gesagt, nachdem sie ihn wochenlang beschuldigt hat, ihr etwas zu verschweigen. Er hat gesagt, dass das nichts zu bedeuten hat, dass sie sich doch schon lange kennen und sich wirklich lieben, dass er nur einfach dieses Leben nicht erträgt, dieses immer gleiche, diese Ruhe. „Du bist nicht ruhig", sage ich, bereits leicht angetrunken. „Du bist aufregend und schön." Meine Stimme klingt fremd. Warum ist es so schwierig, meiner besten Freundin so etwas zu sagen? Christine lächelt ehrlich überrascht. Ihr nächster Satz ist ein Geständnis: „Er nennt mich Kesselfritz." Ich sehe sie fragend an. Christine beginnt zu kichern, versucht sich zu bremsen und merkt, dass es nicht geht, legt dann den Kopf in den Nacken und lacht so laut und so traurig, dass alle in der Bar zu uns herübersehen. Ich lege meine Hand auf ihre Schulter. „Kesselfritz", sagt sie und deutet auf ihren Bauch.

„Weil ich so zugenommen habe." Ich unterdrücke meine Wut und ziehe nur heftig an meiner Zigarette. Das ist zu viel. Ich weiß, seit wann Christine mollig geworden ist. Sie hat zugenommen, als sie schwanger wurde, und nicht mehr abgenommen, seit sie das Baby verloren hat. Jetzt weint sie, tonlos, trinkt den Wein mit ihren Tränen vermischt. „Wir hatten auch keinen guten Sex mehr", sagt Christine. Es ist mir peinlich, dass ich es ausgerechnet jetzt nicht mehr aushalten kann, aber ich habe wie immer zu lange gewartet. „Sorry, ich bin gleich wieder da", sage ich. Ich stehe auf, gehe mit unsicheren Schritten aufs Klo, und als ich mich wieder neben sie setze, habe ich das Gefühl, als hätte ich gar nicht gepinkelt. Sie spricht weiter, als ob ich keine Sekunde weggewesen wäre. „Er wollte nur ganz selten mit mir vögeln, und dann auch immer nur ganz kurz." Sie starrt an mir vorbei auf die Flaschen an der Bar. „Aber warum?", frage ich. „Habt ihr darüber geredet?" Christine lacht. „Ich habe ihn tausendmal darauf angesprochen. Er hat natürlich nichts gesagt. Jonas! Wenn du ihn nach seinen Gefühlen fragst, kannst du ein ganzes Bild malen, bis er antwortet. Dann sagt er: ‚Ich weiß auch nicht so genau. Was soll ich jetzt sagen?'" Christine seufzt. „Männer", sage ich. Wir grinsen uns an. Es ist ein Ritual. Uns ist beiden überhaupt nicht zum Lachen zumute. Christine zieht den Rauch ein, bläst ihn aus und klopft nervös mit dem Zeigefinger auf ihrer Zigarette herum, obwohl die Asche längst abgefallen ist. Sie reibt sie am Rand des Aschenbechers hin und her, um das, was sie gleich sagen wird, noch hinauszuzögern. „Dann habe ich mir tolle Unterwäsche gekauft, habe erotische Bücher auf dem Nachttisch liegen lassen. Ich habe Massageöl selbst gemacht und Fesseln gekauft. Ich habe Ahornsirup ans Bett gestellt und an manchen Tagen nichts unter meinem Kleid getragen…" Sie kann mich nicht ansehen. Ich wundere mich darüber, dass sie jetzt nicht weint. Ich rauche und starre auf meine Zigarette. „Oh je" ist das Einzige, was mir einfällt. „Ich habe verdammt noch mal alles gemacht, was in diesen ganzen beschissenen Frauenzeitschriften steht", sagt sie und streicht sich das Haar aus dem Gesicht, müde, im nächsten Augenblick wieder wach. Wir bestellen den vierten Wein für Christine, das sechste Bier für mich. Christine raucht, trinkt ihr Glas mit einem großen Schluck aus und denkt lange nach. Dann sagt sie: „Weißt du, ich mag Sex eigentlich sehr gern." Ich muss lachen. „Ich weiß." Sie sieht mich an, dankbar, und lacht mit.

71

Wir lachen über die Erinnerung an Mark und Lasse, Oliver und Peter, Nico und Holger, Matthias und Wulf. Christine ist eine sehr schöne Frau. Sie ist eine sexy Frau. „Und jetzt?", frage ich nach einer Weile. Sie zuckt mit den Schultern. Ich sehe, dass sie betrunken ist und zugleich sehr aufmerksam. „Jetzt? Er will sie weiter treffen, er sagt, sie sei eine so interessante Frau. Ich habe gesagt, dass ich darüber nachdenken will, ob ich irgendwann mit ihm weitermachen kann – ich kann es nicht, Sonja." „Das ist klar", sage ich und verstehe, dass Christine die Neugier schmerzt. Wie sie will ich mit einem Mal wissen, wer diese Frau ist, wer Christine das Wasser reichen kann, wer mit ihrer Schönheit, ihrer Güte, ihrer Reife konkurrieren kann. Früher, bevor wir beide in festen Beziehungen waren, haben wir oft darüber gesprochen, dass der Eigentumsgedanke in der Liebe fehl am Platz ist, dass die Sechziger, was das angeht, viel weiter waren als wir. Wir waren uns immer darin einig, dass dieser Ausschließlichkeitsanspruch in der Liebe ein Mythos ist, ebenso wie die jahrzehntelang glückliche Ehe. Später haben wir erkannt, dass auch wir nur Menschen sind, dass Gefühle nichts mit rationalen Theorien zu tun haben, dass auch die freie Beziehung ohne Leid nur ein Mythos ist. Die Wirklichkeit ist immer irrational, und jede Beziehung ist ein Kompromiss. Wir haben beinahe die ganze Nacht hindurch geredet und waren so betrunken, dass wir uns wieder nüchtern fühlten, als die Bar schloss. Ich weiß noch sehr genau, wie wir uns ernst und der Lage bis in alle Konsequenzen bewusst auf den Weg zu Jonas' Wohnung machten. Wir redeten nicht mehr, wir gingen schweigend nebeneinander durch den Schnee, bis wir vor seiner Wohnungstür standen. Wir klingelten, und dann war es wie im Fernsehen. Das Gute daran ist, wenn es wie im Fernsehen ist, dass man die Situation bereits kennt und daher auch genau weiß, was man nun zu tun hat. Man darf nur nicht lachen, sonst ist es vorbei. Und wir lachten nicht, als Jonas uns verschlafen die Tür öffnete, nur mit seinen Shorts bekleidet, die hastig hochgezogen und krumpelig waren. Ich blieb in der Tür stehen und lachte nicht, als Christine in sein Zimmer stürzte. Ich hörte einen Ton, einen Aufschrei, der immerhin so unerwartet klang, so wenig nach Fernsehen, dass ich ihr dann doch hinterhereilte, an Jonas vorbei, der sagte: „Ihr habt sie wohl nicht mehr alle." Dann sah ich sie, ein etwa zwanzigjähriges Mädchen mit glitzerndem Piercing im Bauchnabel, solariumgebräunt und blondiert. Sie saß aufrecht im Bett, nur die Füße von der Decke verhüllt, mit großen Augen, erstaunt und triumphierend zugleich, das war ihr Königreich, das war ihr Gebiet. Sie strich sich vorsichtig die Haare aus dem Gesicht. Die Fingernägel an ihrer Hand waren lang und perfekt weiß. Auf dem Boden neben dem Bett lagen ihre Kleidchen, zwei Stücke transparenter Stoff. Ich weiß noch, dass ich erstaunt darüber nachdachte, was sie denn im Sommer trug, wenn das ihre Kleidung für den Winter war. Christine schwankte wie von einem Schlag getroffen auf das Bett zu. „Verdammte Scheiße, Kleine, gehst du noch zur Schule?", schrie sie. „Christine", sagte ich. „Jonas!", schrie das Mädchen, zog den Bauch ein und stieg dann makellos und jung aus dem Bett, stürzte an uns vorbei zur Tür hinaus in den Flur, wo Jonas stand. „Jonas!" Sie klang empört. „Raus!", sagte Jonas. Ich packte Christine am Arm, und wir verließen die Wohnung, ohne dass ein weiteres Wort gesprochen wurde. In dieser Nacht schlief Christine bei mir. Als ich erwachte, durstig und mit dröhnendem Kopf, lag sie zusammengerollt in einer Ecke des Betts. Das T-Shirt, das ich ihr ausgeliehen hatte, war ihr ein wenig zu kurz, so dass an der Seite eine kleine Speckrolle direkt auf dem Laken lag. In diesem Augenblick beachtete ich meine Freundin jedoch nicht, sondern wollte nur Wasser und schleppte mich zum Schreibtisch, auf dem eine fast leere Flasche stand. Erst zwei Tage später, als ich das T-Shirt zusammen mit den anderen nassen Kleidungsstücken aus der Waschmaschine holte und es zum Trocknen aufhängte, musste ich lachen. „Heute bin ich Königin", steht in weißer Schrift auf dem orangefarbenen Stoff. Christine hat die Aufschrift „Heute beende ich meine Diät" auf ihrem. Wir haben die T-Shirts zusammen gekauft, als wir vor fünf Jahren in München waren, in einem kleinen Laden, in dem es auch Postkarten von Alice Schwarzer und Kondome mit Juckpulver gab. Nachdem Christine aufgewacht war, frühstückten wir schweigend, wie wir es nach gemeinsam verbrachten Nächten immer tun: zwei Tassen Getreidekaffee und zwei Zigaretten für jede. Wir haben niemals mehr über diese Nacht gesprochen, weil danach alles so schnell ging. Christine bekam ein Angebot für eine Ausstellung in Hamburg und ist innerhalb einer Woche umgezogen. Jetzt lebt sie in Mannheim und hat einen Freund und ein Kind. Wir gehen nur noch selten zusammen aus, weil es so schwierig ist, einen Babysitter zu finden. Jeden zweiten Tag telefonieren wir. Aber über Jonas sprechen wir nicht. Sie hat mich nie danach gefragt, ob ich ihn zufällig irgendwo gesehen habe, und wenn ich ihn treffen würde, würde ich es ihr vielleicht auch nicht erzählen. Ich finde sie noch immer schön und stark, aber ich bewundere sie nicht mehr so sehr wie früher. Sie hätte auf dieses Mädchen nicht eifersüchtig sein dürfen, aber ich weiß, sie konnte nicht anders. Wir alle können nicht anders. In dieser Bar war ich niemals mehr, nicht mit Christine und nicht mit jemand anderem. Wenn ich daran vorbeigehe, weiß ich nicht, ob sie wirklich existiert oder ob sie nur das Bild der Erinnerungen in meinem Kopf ist. Ich weiß auch nicht, was geschehen wäre, wenn Christine an diesem Bett, an dem Bett in der Wohnung von Jonas, ihrem Freund, einfach nur in Lachen ausgebrochen wäre. Ich wünschte, sie hätte gelacht.

URSULA KISSEL

Diebstahl

Es ist nicht der erste Text, mit dem Ursula Kissel unsere Jury überzeugt hat: „Milch und Kakao" hieß die Eifersuchtsge-  schichte, mit der sie es 2003 unter die 15 Gewinner des Maxi-Wettbewerbs schaffte. Damals noch unter dem Namen Liebrich. Ermuntert von dem Erfolg, nahm die inzwischen verheiratete Grundschullehrerin aus Ludwigshafen an einem weiteren Wettbewerb teil – und gewann auch dort. Ihr Text wird in einer Anthologie des Schmökerverlags erscheinen. Wenn ihre Erfolgssträhne anhält, findet die 32-Jährige sicher auch bald einen Verleger für das Kinderbuch, das sie geschrieben hat.

Ingrid! Ingrid! Komm rüber, Himbeerkuchen backen!" Sophia war von klein auf Ingrids beste Freundin. Sie bewohnten aneinander grenzende Grundstücke – Sophia lebte in einem imposanten alten Haus mit Erkern und efeuüberwucherten Balkonen und einem parkähnlichen Garten, Ingrid bewohnte mit ihrer allein erziehenden Mutter die kleine, zugige Souterrainwohnung im Haus nebenan. An schönen Frühlings- oder Sommertagen wurde Ingrid einfach kurzerhand über den Gartenzaun gehoben, dort von Sophias Mutter oder dem Au-pair-Mädchen in Empfang genommen und zu

Sophia in den Sandkasten gesetzt. Dort backten sie hingebungsvoll stundenlang Himbeerkuchen oder bauten Sandschlösser oder planschten mit Gießkännchen herum, sandverkrustet, mit Matsch beschmiert bis in die feinen, flaumigen Kinderhaare. Schon damals, im zarten Alter von drei, vier, fünf Jahren hatte Ingrid das leise Gefühl, dass Sophia anders war als sie. Sorgloser, unbekümmerter, lässiger. Sie wurde verwöhnt von ihren Eltern, die beide Richter waren, sie bekam alles, was sie sich wünschte. Ingrids Mutter dagegen, die zwei Jobs hatte, um sich über Wasser zu halten, musste ihrer Tochter so manches abschlagen. „Aber Sophia darf doch auch ins Ballett", heulte Ingrid in der engen, fensterlosen Küche in der Souterrainwohnung, während ihre Mutter in einer Maggisuppe rührte. „Du bist nicht Sophia", antwortete ihre Mutter nur sanft. „Junge Frau, über deinen Aufsatz habe ich mich schief gelacht", sagte der junge Grundschullehrer, in den alle Neunjährigen unsterblich verliebt waren. „Er ist stilistisch nicht so gut wie der deiner Freundin Ingrid, aber er explodiert fast vor Einfallsreichtum und Witz." Sophia, der Mittelpunkt der 3. Klasse, stand strahlend auf, um ihre Klassenarbeit entgegenzunehmen. Die anderen Mädchen tuschelten neidisch, nur Ingrid sah ihre Freundin mit Bewunderung und Zuneigung in den dunklen Augen an. Es machte ihr nichts aus, dass Sophia für ihre Arbeit so gelobt wurde, während der Lehrer ihre Eins mit keinem Wort erwähnte. Ja, sie verstand es, dass Sophia überall bevorzugt wurde – hübsch und lebhaft und temperamentvoll, wie sie war, mit ihren tausend Sommersprossen im gebräunten Gesicht, den honigblonden, glänzenden Haaren und dem ständigen Lachen in den klaren grünen Augen. Sophia war das sprühende Leben, sie war frisch und anziehend und fröhlich. Ingrid dagegen war viel zurückhaltender, ernster, sie lernte verbissen, weil sie wusste, um was es ging. Als sie zehn waren, begannen sie mit den nächtlichen Besuchen. Es war ein unheimlich heißer Sommer, Sophias riesiger Garten lag da wie ausgedörrt, die Blumen verbrannten in der Sonne. Eines Nachts, als man kaum schlafen konnte, so wenig hatte es abgekühlt, stand Sophia an ihrem Schlafzimmerfenster und schickte mit ihrer Taschenlampe Blinkzeichen zu Ingrid hinüber. Ingrid, die sich ruhelos und verschwitzt auf ihrem Laken gewälzt hatte, überlegte keine Minute. In ihrem Nachthemd kletterte sie aufs Fensterbrett und stieg mühelos in den Garten hinaus. Mit klopfendem Herzen, in dem Gefühl, etwas ungeheuer Verbotenes und

Abenteuerliches zu tun, lief sie auf bloßen Füßen durch den Garten, kletterte über den Nachbarzaun, der sie von Sophias Park trennte, und weiter durch das vertrocknete Gras. Es war herrlich, die warme Erde unter den Fußsohlen zu spüren. Sophia erwartete sie gedämpft kichernd an ihrem Fenster. „Leise, mein Au-pair soll dich nicht hören!" Erhitzt kletterte Ingrid das Rosenspalier hinauf, bis sie Sophias Zimmer erreichte. Diese zog sie hinein, und sie warfen sich atemlos aufs Bett, tranken Eistee im Dunkeln und plauschten und lachten die ganze Nacht. Es war natürlich Ingrid, die bald darauf Ärger mit ihrer Mutter bekam, nur Ingrid. Sophias Eltern waren so viel beschäftigt, dass sie von den nächtlichen Eskapaden nichts mitbekamen. Und Ingrids Mutter hätte nie gewagt, zu ihnen zu gehen und ihnen von den Besuchen zu berichten. Sophias Eltern waren schließlich Richter. Den ganzen Sommer über schlich sich Ingrid nachts zu Sophia. Als Sophias Vater ein Jahr später starb, war es wieder Ingrid, die sich nachts Turnschuhe über die bloßen Füße stülpte und im Nachthemd durch den schlafenden, schon herbstlichen Garten lief, über den Zaun kletterte und sich am Rosenspalier hochzog. Nächtelang lag sie neben Sophia im Bett, den Arm fest um sie geschlungen, um sie zu trösten und ihr beruhigende Worte zuzumurmeln. „Pscht, es wird alles gut. Weine nicht, es wird alles wieder gut. Ich bin da", flüsterte sie. „Wenn ich dich nicht hätte", wimmerte Sophia. Vor dem offenen Fenster schrie eine Eule, unheimlich und fremd. „Wenn ich dich nicht hätte", wurde zu Sophias ständiger Aussage. Auch Jahre später sagte sie das noch, als sie aufgedonnert das Haus eines Schulfreundes betraten, in dem eine Party stieg. Sie waren fünfzehn, und es war ihre allererste Party. Wenn du mich nicht hättest, wäre auch nichts anders, dachte Ingrid leise amüsiert, als Sophia kurz darauf der Mittelpunkt des Festes war, sozusagen der Stern, der heller strahlte als alle anderen Mädchen. Während sie sich in ihrer selbst genähten Bluse und ihrem biederen Faltenrock am Rand des Getümmels an einem Glas Obstbowle festhielt, tanzte Sophia, dass die Fetzen flogen. Sie bog und krümmte sich, hüpfte und sprang und stampfte; sie war ein Feuerwerk an Ausgelassenheit und Leichtigkeit. Alle Augen waren auf sie gerichtet. Ein Junge mit blonden Wuschellocken gesellte sich zu Ingrid. „Wer ist das?", fragte er. Es war, als würde er mit seinen Blicken in Sophia ertrinken.

„Sophia. Meine beste Freundin", erklärte Ingrid stolz. Später am

Abend zerrte sie Sophia aufs Klo und passte auf, dass ihr das schöne honigblonde Haar nicht ins Gesicht fiel, während Sophia über der Schüssel hing und sich elend erbrach. „Scheiß-Cocktails", keuchte die Freundin, auf den kalten Fliesen im Bad kauernd. „Wenn ich dich nicht hätte, Ingrid." Ingrid tanzte an diesem Abend einen einzigen Tanz, und zwar mit dem Jungen mit den Wuschellocken, Tobias. Sie verliebte sich heftig in ihn. Wochenlang litt sie still, als Sophia und Tobias ein heißes Techtelmechtel begannen. In der Zeit sah sie ihre Freundin nur noch selten; tagsüber war Sophia immer mit ihrem Schwarm unterwegs und auch die Abende waren für ihn reserviert. Auch wenn sie nicht verabredet war, hatte sie für Ingrid keine Zeit – Tobias hätte ja anrufen können, da wollte sie zur Verfügung stehen. Doch sie sahen sich nachts. Wie in ihren Kindertagen blinkte Sophia mit der Taschenlampe zweimal kurz, einmal lang, zweimal kurz – „Komm doch rüber!". Und Ingrid, die vor lauter Weinen heiß geschwitzt in ihrem Bett lag und sich die Decke an den Mund presste, um von ihrer Mutter nebenan nicht gehört zu werden, sprang aus dem Bett. Im Nachthemd kletterte sie in den Garten, stieg über den Zaun und zog sich am Rosenspalier hoch. In Sophias Zimmer krochen sie unter die Bettdecke, knusperten Schokokekse und schnackten. Das war irgendwie tröstlich, obwohl Ingrid todunglücklich war und Sophia eigentlich nur über Tobias redete. Als irgendwann Schluss war zwischen Sophia und Tobias, sahen sie sich wieder tagsüber. Doch nach wie vor stahl sich Ingrid auch nachts ins Nachbarhaus, legte den Arm um ihre schniefende Freundin, tröstete sie und fütterte sie mit selbst gebackenen Keksen. „Wenn ich dich nicht hätte", heulte Sophia. Als sie sechzehn waren, kam eine neue Mitschülerin in die Klasse. Sabrina. Ein wundervoller Name, fand Ingrid. Klangvoll und weltmännisch und weiblich. So wie Sophia. Nicht so altbacken und prosaisch wie ihr eigener Name – Ingrid. Welcher junge Mensch hieß heutzutage noch so? Das klang ja, als sei man von vorgestern. Mit Sabrina wurde über Nacht alles anders. Ingrid war abgeschrieben. Vergebens wartete sie nach Einbruch der Dunkelheit an ihrem Schlafzimmerfenster und starrte hinüber zum Nachbarhaus. Es kamen keine Blinkzeichen mehr, keine Einladung, über das Rosenspalier zu Sophia zu klettern, in eine andere Welt voller Heimlichkeit und Heimeligkeit und Geborgenheit und zerkrümelten Keksen unter der Bettdecke. Ingrid war einsam und todtraurig und auch wütend, zum ersten Mal in ihrem

Leben. Vielleicht hatte sie mit sechzehn erstmals erkannt, dass Sophia nichts Besseres war als sie und keine Sonderrechte im Leben hatte, nur weil sie hübsch und sorglos und beliebt war. In der Schule bekam sie jeden Tag vorgeführt, wie toll Sophia und Sabrina sich doch verstanden. Die beiden klebten jede Minute zusammen, zogen gemeinsam durch die Stadt, plünderten H&M und Benetton und Miss Sixty, tummelten sich auf sämtlichen Partys, waren bekannt in jedem Café. Äußerlich sah die eine so hip aus wie die andere: makellose Gesichter, mit Glitzerlidschatten und Schimmerrouge und glänzendem Lipgloss geschminkt, ultraenge Jeans, Bauchnabelpiercing, teure Stiefel, das lange blonde Haar trendy glatt. Sophia grüßte Ingrid kaum noch. „Wieso guckt dir das Lieschen Müller da hinten eigentlich immer mit diesem Dackelblick hinterher?", fragte Sabrina mit hochgezogenen Augenbrauen. „Ach, wir waren als Kinder befreundet. Eine Jugendsünde, mehr nicht", meinte Sophia wegwerfend. Ingrid zerriss es das Herz. In der Mathestunde konnte sie sich nicht konzentrieren, saß mit glühenden Wangen und fiebrigen Augen da. Zu allem Überfluss hörte sie, was Sophia und Sabrina in der Reihe vor ihr tuschelten. „Du, bei H&M haben sie diesen wahnsinnig geilen Minirock. Schwarz. Mit Glitzer. Dazu meine hohen Stiefel – das wäre der Renner für die Party bei Mike. Wollen wir nach der Schule gleich in die Stadt?" „Klar, ich bin dabei. Heute Nachmittag um drei bei H&M? Ich glaub, ich besorg mir dann gleich diese Hüftjeans mit dem engen Hintern. Das sieht so wahnsinnig verrucht aus." Sie kicherten über ihren Mathebüchern, bis Sabrina sich zu Ingrid herumdrehte und zischte: „Belauschst du uns, du Mäuschen? Sei lieber schön brav und pass im Unterricht auf." Zu Sophia gewandt flüsterte sie, so laut es ging: „Die könnte auch mal ein paar neue Klamotten vertragen. Die sieht ja immer aus, als würde sie sich in der Altkleidersammlung eindecken." Ingrid glaubte zu vergehen vor Kummer, als Sophia zustimmend kicherte: „Da hast du Recht. Aber vorher wäre vielleicht eine kleine Schönheits-OP angebracht. Diese Nase entspricht nicht gängigen Schönheitsidealen." Sie prusteten los. Ingrid fragte sich mit hämmerndem Kopf, was an ihrer Nase nicht in Ordnung sei. Zu Hause sagte ihre Mutter, sie solle froh sein, eine solch oberflächliche Freundin wie Sophia losgeworden zu sein. Das sei nicht das Schlechteste, was ihr hätte passieren können. Ingrid fühlte sich vollkommen unverstanden und schloss sich weinend im Bad ein. Sie war einsam und müde, und ihr Herz blutete. Ingrid wusste selbst nicht, warum sie es tat, aber sie fand sich um drei Uhr vor H & M ein. Sie war aufgeregt und hatte ein schlechtes Gewissen, als tue sie etwas Verbotenes. Sie hielt sich hinter einem Stand mit langen Röcken verborgen, die Sophia und Sabrina todsicher nicht interessieren würden, und beobachtete die beiden. Es tat weh zu sehen, wie die Freundinnen kicherten und plauderten und Klamotten anprobierten, als hätten sie sonst keine Sorgen auf der Welt. Wahrscheinlich hatten sie ja auch sonst keine. In sicherer Entfernung schlich sie den beiden nach, als sie zu den Accessoires schlenderten. „Diese Tasche ist geil." „Ja, und dieser Gürtel auch. Aber etwas teuer." „Wieso? Du kriegst doch mehr Taschengeld als ich und meine Schwestern zusammen." „Schon", seufzte Sophia. „Aber neulich diese Kaviarcreme von La Prairie und der Lippenstift von Yves Saint Laurent... Außerdem habe ich letzten Samstag dich, Sebastian und Holger nach der Party zum Brunch eingeladen, weißt du noch, als wir so verkatert waren. Die Jungs haben ganz schön was an Sekt weggespült." „Na, wenigstens war es kein Champagner", gluckste Sabrina. Unschlüssig strich Sophia mit liebkosenden Fingern über den Gürtel. „Was soll's", murmelte sie dann und ließ den Gürtel einfach in ihrer Handtasche verschwinden. Ingrid stockte der Atem. An das, was danach alles passierte, konnte sie sich später nur noch wie durch einen Nebel erinnern. Der Ladendetektiv, die drei aufgeregten Verkäuferinnen, der Manager, der die Polizei rief ... Sabrina, die ganz dringend heim musste, Sophia, in Tränen aufgelöst, beteuernd, das sei alles ein Versehen ... „Bitte, bitte", schluchzte sie. „Ich war es nicht. Wirklich. Ich habe genug Geld, um mir alles zu leisten, ich brauch nicht zu klauen. Bitte übergeben Sie mich nicht der Polizei! Meine Mutter würde sterben vor Scham. Sie ist Richterin! Das würde ihren Ruf ruinieren. Und ich möchte doch auch einmal Jura studieren, aber mit einer Vorstrafe ... Bitte, bitte! Außerdem war ich es nicht!" „Ich war es", sagte da Ingrid. Sie war wie benommen, aber ganz ruhig. „Ich habe ihr den Gürtel heimlich in die Tasche gesteckt." Sophia starrte sie an, dann glitt ein Lächeln unmerklich über ihr Gesicht. Das Theater zu Hause war schlimm. Ingrids Mutter weinte, tobte, schimpfte, gab ihr Ohrfeigen, kniete vor ihr, als Ingrid zusammengesunken auf ihrem Bett kauerte, und stieß nur immer wieder hervor: „Warum? Warum denn?" „Ich war neidisch, dass sie sich alles kaufen kann und ich nicht. Ich wollte sie dafür bestrafen", murmelte Ingrid wie auswendig gelernt. In dieser Nacht glaubte sie, ihr Herz bleibe stehen, als sie sich schlaflos im Bett krümmte und Lichtstrahlen einer Taschenlampe sie blendeten. Sie fiel fast aus dem Bett, sprang in den Garten, hechtete über den Zaun und kletterte so eilig das Rosenspalier hinauf, dass sie ein paarmal mit den Händen abrutschte und sich die Finger an den Dornen zerstach. Sie legten sich in Sophias Bett. Diesmal hatten sie ihre Rollen vertauscht: Sophia streichelte Ingrids wirres Haar und ihre tränennassen Wangen und drängte ihr zum Trost heißen Kakao auf. „Was wäre ich ohne dich?", flüsterte sie. „Du hast mich gerettet. Mama hätte mich getötet! Und mein Jurastudium hätte ich mir abschminken können." „Schön, du bist aus dem Schneider, aber ich nicht", schluchzte Ingrid. „Was wird mit mir? Meine Mutter ist kreuzunglücklich. Ich habe sie so enttäuscht. Ich habe das alles nur für dich getan – obwohl du es nicht verdient hast. Du hast mich in den letzten Monaten eiskalt abserviert!" „Ich war blöd. Saublöd. Entschuldige", murmelte Sophia reumütig. In der Schule setzte Sophia sich wieder an ihren alten Platz neben Ingrid. Sabrina blieb allein in der Bank vornedran zurück. Es beunruhigte Ingrid, dass sie sich ständig umdrehte und mit Sophia tuschelte, so als sei nichts gewesen. Mit gerunzelter Stirn versuchte sich Ingrid auf den Unterricht zu konzentrieren, aber es war unmöglich. „Heute Mittag um drei bei Peek & Cloppenburg?", raunte Sabrina nach hinten. „Die haben ein paar nette Esprit-Teile im Angebot." Sophia nickte begeistert. „Ich könnte auch mal wieder einen neuen Gürtel gebrauchen." Sie hielten sich die Bäuche vor Lachen. Ingrid starrte sie ungläubig an. „Was guckst du?", fragte Sabrina. „Immer schön aufpassen, was der Herr Lehrer sagt. Wir wollen doch keine schlechten Noten kriegen." Sophia lachte sich halb schief. „Aufpassen da hinten", mahnte der Lehrer. „Oder hast du Lust, mit uns shoppen zu gehen, Ingrid?", raunte Sabrina. „Shop till you drop? Weißt du, so unter uns Pfarrerstöchtern: Omapullis sind dieses Jahr nicht in. Ganz und gar nicht in." Sophia presste sich verzweifelt die Hand vor den Mund, um nicht laut loszuprusten. Ingrid blickte starr geradeaus. Dieses Mal wusste sie, warum sie sich um drei Uhr am Kaufhaus einfand. Vor Kummer schon ganz gleichgültig, versteckte sie sich hinter den Kleiderständern, als hätte sie nie etwas anderes getan. In sicherer Entfernung schlurfte sie hinter den beiden Busenfreundinnen her, die wie immer theatralisch Klamotten von den Bügeln rissen, unter lautem Palaver in den Kabinen verschwanden und je nach Kleidungsstück in helles Entzücken oder übertriebenes Entsetzen ausbrachen. „Erinnerst du dich an deine Nummer mit dem Gürtel?", prustete Sabrina. Sophia nickte würdevoll. „Ja. Es war übrigens nicht schön von dir, dass du dich da einfach verkrümelt hast. Du hättest mir beistehen können." „Das hat deine kleine anhängliche Hündchen-Freundin doch schon getan", gurrte Sabrina. „Hast du dich ihr gegenüber auch dankbar gezeigt, du böses, böses Mädchen?" „Klar, aber jetzt reicht's mal wieder. Ich hab sie einmal nachts zu einem Plauderstündchen mit Kakao und ein paar tranfunzeligen Worten zu mir eingeladen, jetzt ist sie bestimmt wieder glücklich für ein halbes Jahr", erzählte Sophia lässig. „Aber lass uns nicht über diese Trantüte reden. Steht mir die Jeans? Bringt sie mein Bauchnabelpiercing zur Geltung?" Ingrid hinter dem Kleiderständer glaubte zu ersticken vor Wut, Demütigung und Traurigkeit. Sie tauchte kurz hinter den Jacken auf, die sie verborgen hatten, riss einen Gürtel vom Haken und steckte ihn in Sophias Tasche, die diese achtlos auf einen Haufen Kleider geworfen hatte. Dann ging sie festen Schrittes zur Verkäuferin und meldete, was sie beobachtet hatte: einen Diebstahl. Aus der Ferne sah sie mit rot geweinten Augen dem Auflauf zu, der sich dann bildete. Manager, Verkäuferinnen, ein Polizist, der bald auftauchte, und mittendrin Sophia, verloren und verständnislos und Rotz und Wasser heulend.

GREGOR SCHÜRER

Wahre Freundschaft soll nicht wanken

Die besten Ideen zu Geschich-
ten kommen dem 47-Jährigen
aus Neuburg in Baden-Würt-
temberg „beim Beobachten
von Menschen, beim Zeitung-
lesen oder Rasieren". Als er
darüber nachdachte, was er für den Maxi-
Literaturwettbewerb schreiben könnte, kam
ihm plötzlich der alte Schlager „Wahre
Freundschaft soll nicht wanken" in den Sinn.
„Das war der Anfang..." Der Vater zweier
Töchter (zwei und acht Jahre alt) ist Beamter
im Bundesinnenministerium. In seiner Freizeit arbeitet er als freier Journalist und
schreibt Erzählungen für Zeitungen. Sein
erstes Buch mit Kurzgeschichten ist bei
Books on Demand erschienen. Jetzt sammelt
er Texte für Buch Nummer zwei.

Es gab niemanden, der sein Bett so machte wie sie. Sie rollte
die Zudecke zu einer Wurst zusammen und legte sie dann zu
einem Halbkreis gebogen auf das Laken. Die beiden kleinen
Kissen – sie hasste die voluminösen Kopfkissen in 80 mal 80 mit
Federfüllung – legte sie rechts und links darüber. „Wieso machst du
das?", hatte er sie einmal gefragt. „Schau, das sieht aus wie ein

Gesicht. Da lacht mich schon jemand an, wenn ich in mein Schlafzimmer komme", war ihre Erklärung gewesen. Julia hatte ihre Eigenarten. Das hatte schon damit begonnen, dass sie ihn damals in der Kneipe angesprochen hatte und nicht er sie. Er hatte am Tresen gesessen mit seinem Freund Holger, als sie auf dem Nebenhocker Platz nahm. „Ich habe noch nie einen Mann mit so schönen Händen gesehen", war ihr erster Satz – und er sprachlos nach dieser Anmache. Sie hatten sich verabredet zum Essen, außer einem Begrüßungskuss auf die Wange und ein paar flüchtigen Berührungen war nichts gewesen. Ein paar Tage später, im Kino – er wusste noch genau, welcher Film es war, sie hatten „Ocean's Eleven" gesehen, weil sie für George Clooney schwärmte – war ihre Hand zärtlich auf Wanderschaft gegangen: vom Knie aufwärts, bis sie zwischen seinen Beinen ankam. Sie hatten es beinahe nicht mehr bis zu ihr nach Hause geschafft, so prall war seine Hose geworden. Dort liebten sie sich bis zur Erschöpfung, doch sie gab erst Ruhe, nachdem sie dreimal gekommen war.

Fast ein Jahr waren sie nun zusammen, doch in seiner Wohnung war sie noch nie gewesen. Sie wollte das nicht. „Du kannst jederzeit zu mir kommen, darfst auch immer bei mir schlafen, wenn du willst. Aber in deine Junggesellenbude bringen mich keine zehn Pferde." Ihm war das so unrecht nicht, denn dann konnte er dort hausen, wie er wollte. Brauchte nicht aufzuräumen oder Staub zu saugen, weil sie zu Besuch kam. So gesehen war alles supergeil. Und deshalb ging es ihm auch supergut. Wenn er sich's überlegte, war das gerade die glücklichste Zeit seines Lebens. Natürlich kam Holger, sein Kumpel seit Kindertagen, jetzt ein bisschen zu kurz. Sie hatten sich früher sogar eine Wohnung geteilt. Bis Holger mit Britta zusammengezogen war. Britta war Krankenschwester, immer sauber und adrett. Und geordnet sollte auch ihre Beziehung sein, also wohnte man auch zusammen, wenn man zusammen war. Holger hatte sich gefügt, denn „Schwester Britta" war ein echter Hingucker, Typ Heidi Klum.

Trotzdem verbrachte er mit Holger noch viel Zeit, beim Fußballspielen mit der Hobbymannschaft, beim Mountainbiken und „Bei Freddie", das war ihr Stammlokal. Echte Freunde wie sie, die ließen sich auch durch eine Frau nicht auseinander dividieren.

Nur auf „Schneckenjagd" ging er nicht mehr mit Holger. Er hatte mit Julia genug zu tun, doch Holger brauchte ab und zu mal was nebenbei. Das hatte auch seine Krankenschwester ihm nicht abgewöhnen können. Dafür verschaffte er Holger auch ab und zu ein Alibi. Der nannte ihn dafür Ali Bibi. „Du bist Ali Bibi und ich bin die vierzig Räuber". Das passte, denn an die vierzig Herzen hatte Holger sicher schon geraubt. Britta erzählte er, sie seien zusammen beim Kicken gewesen. „Stimmt ja auch fast", hatte Holger hinterher zu ihm gesagt, „ich habe ja einen Freistoß bekommen." Als sie wieder mal bei Freddie saßen, erzählte er, dass er am Wochenende zu seiner Mutter fuhr. Die hatte 59. Geburtstag und freute sich, wenn Sohnemann kam. „Nimmst du Julia mit?", fragte Holger. „Nee nee, fürs Vorstellen der Verlobten im Familienkreis ist ihr das noch zu früh. Aber zu Mamas Sechzigstem, da begleitet sie mich, das hat sie versprochen." „Sag mal, dann könntest du mir doch deine Wohnung überlassen", kam Holger nach einigem Zögern mit seiner Bitte rüber. Das hatte Holger ihn noch nie gefragt. „Wieso das denn? Hast du wieder eine Schnecke angegraben?" „Ja. Und zu ihr können wir nicht. Sie will das nicht. Und bei mir daheim, du weißt ja. Und Hotel find ich irgendwie blöde." „Ich weiß nicht, das passt mir ehrlich gesagt nicht so. Du mit einer fremden Frau in meinem Bett." „Ach Mensch, jetzt sei nicht so. Für einen echten Kumpel muss man auch sein letztes Hemd hergeben." Er erinnerte sich, wie sie früher, in Jugendzeiten, am Lagerfeuer „Wahre Freundschaft soll nicht wanken" gesungen hatten. Also willigte er ein und gab Holger die Schlüssel. „Aber wenn ich Sonntagabend zurückkomme, muss die Bude geräumt und das Bett frisch bezogen sein."

Mutters selbst gemachter Apfelkuchen war wieder eine Wucht gewesen. Noch auf der Heimfahrt hatte er den Zimtgeschmack im Mund und Kindheitserinnerungen im Kopf. Vergnügt pfeifend öffnete er die Wohnungstür. Nur schnell unter die Dusche, dann zu Julia, um ihr zu erzählen, was sie kuchentechnisch verpasst hatte. Er ging ins Schlafzimmer, um sich frische Unterwäsche zu holen. Dabei fiel sein Blick aufs Bett. Er erstarrte. Ein Gesicht aus Decke und Kissen grinste ihn an.

ANJA SCHUH

Vertrauensschaden

Die Diplom-Rechtspflegerin aus Mitterteich in Bayern schreibt seit sechs Jahren Geschichten und Gedichte. „Vor allem sind es die Hintergründe, die mich faszinieren, die Dramen des alltäglichen Lebens. Kurz: das, was hinter geschlossenen Türen passiert." Einen Frauenroman à la Gabi Hauptmann oder Ildikó von Kürthy oder einen Krimi wie ihre Lieblingsautorin Petra Hammesfahr zu verfassen, ist der Traum der 24-Jährigen. Um ihrem Ziel näherzukommen, nimmt sie an einer Schreibwerkstatt teil und sammelt Ideen für Handlungen. Den Einfall zu ihrem Siegertext lieferte ihr eine Fernsehsendung zum Thema Kindesmissbrauch.

Ein karges, weiß gestrichenes Zimmer. Nur ein Fenster, hoch oben im Licht. Vergittert. Kein Ring. In der Mitte des Raumes eine Matratze mit Strohfüllung. Sonst nichts. Nur kein Risiko. Eine leblose Gestalt. Die Gestalt auf der Matratze bin ich. Ich, Nikola Hirsch. Was für ein Wunder, dass ich meinen Namen noch weiß. Wer hat ihn mir gesagt? Entgegen allen psychologischen Gutachten bin ich normal im Kopf. Finde ich. Deshalb fühle ich mich jetzt gerade wie im Bunker des Frauenknasts auf RTL. Ziemlich beschissen, irgendwie. Kein Wunder, dass die Weiber dort drin verrückt werden und sich die Köpfe einschlagen. Verrückt gemacht werden. Aber der Frauenknast im TV ist Quark und Nonsens. Kein Vergleich mit der Realität, natürlich nicht. Jeder weiß das, aber jeder tut trotzdem so, als ob er es nicht wüsste. Wie erbärmlich die Menschen doch sind. Kein Rückgrat im Körper. Nur schwammige Lügen und Fähnchen im Wind. Die Sonne scheint schräg herunter. Es ist wohl Nachmittag. Wer weiß das schon so genau hier drin? Wen interessiert's? Mich. Eine Sonnenuhr wär gut. Die könnte ich aber gar nicht entziffern. Heiko, der hätte es gekonnt. Als Archäologe, na klar. Schande, wenn nicht. Aber Heiko ist tot, haben sie mir gesagt. Versteh ich nicht. Er ist doch mein Freund. Wie kann er da tot sein? Vielleicht, weil er mich geliebt hat? Ich liebe dich, mein Mäuschen. Ich hasse Liebe!

Sie sagen noch schlimmere Dinge. Ich hätte ihn umgebracht. Meinen Freund Heiko! Mit dem Brotmesser. Wohl zu viele billige Krimis gelesen?! Dann wäre ich doch eine Mörderin. Und Mörderinnen sind nicht so wie ich. Sie sind anders. Bullige Weiber mit Stiernacken und Bodybuilder-Kreuz, einem verzerrten Gesicht und bösen Augen. Dumme Trampel mit zu viel Wut im Bauch, die sie durch Brutalität entladen müssen. Und wollen. Solche, die keine zwei Sätze richtig schreiben können. Oder gleich Analphabetinnen. Man liest so was doch überall! Die Wärterinnen hier sind doch blind. Blinde Justiz. Aber es heißt auch, stille Wasser sind tief. Und ich bin still. Das Beste ist aber, ich lach mich tot, sie haben mich gar nicht in den Knast gesteckt! Ich bin in 'nem Psychoschuppen. Irre, oder? Langweiliger kann's im Knast ja auch nicht sein. Wär sogar lieber dort als hier und würd mich mit eingebildeten Tussis prügeln und so noch etwas vom Leben spüren. Meine Blase drückt. Ich richte meine Augen in die Kamera oben in der Ecke, die mich spinnengleich als kleiner, schwarzer Punkt fixiert und keine meiner Bewegungen übersieht. Ich ziehe mein Baumwollhemd hoch und strecke der Kamera meinen Arsch in die Linse. Dann deute ich mit vielsagendem Blick auf meine beiden nackten Backen. Schnell ist eine Schwester da. „Ich muss mal!" „Gundula" steht auf ihrem Schild. Ha, die kenn ich noch nicht. „Haben Ihre Eltern ein Faible für Disney?", frag ich sie. Wetten, sie checkt den Wink mit dem Zaunpfahl nicht. Tatsächlich. „Wie kommen Sie denn darauf?", will sie unwirsch wissen. „Na, da gab's doch so 'ne Ente, Gundel Gaukelei. Ähnlicher Name. Und Sie sehen fast genauso aus." Ich finde meinen Witz echt witzig, sozusagen. Aber nicht Gundel, wie ich sie sogleich taufe. „Halten Sie besser die Klappe. Sie wissen ja, Reden ist Silber ... Da sind wir. Ich warte solange." Schweigend – Schweigen ist ja bekanntlich Gold – geh ich in die Kabine ohne Fenster und ohne „gefährliche Gegenstände". Der Slogan dieses Etablissements, so kommt's mir vor. Grinse. Lasse mir Zeit. Gundel soll sich grün und blau ärgern! Soll rumgaukeln! Sei ein liebes Mädchen, lass diese Gaukelei! Ich werde sehr lieb zu dir sein ... Diese Erinnerungen! Weg! Dann hab ich eine Idee. Etwas Abwechslung. Verlasse die Toilette, Gundel steht mit verschränkten Armen in ihrem Schwesternkittel an der Wand gegenüber. Schon zückt sie ihren Schlüssel zu meiner Zelle. Ich muss die Tür absperren, wenn du nicht brav bist, Mäuschen. Das willst du doch nicht, oder? Verschwindet! „Warten Sie mal, Gundula. Hab's mir überlegt. Ich werde jetzt auspacken. Okay, schicken Sie jemanden, wen auch immer. Psychologin, Psychiater, Psychotherapeut, Seelenfuzzi. Ich will mich ‚offenbaren', wie ihr so schön sagt, haben Sie verstanden?" Ich habe extra langsam gesprochen. Deutlich und jede Silbe betonend, man kann ja nie wissen, vielleicht hat sie echt was von der Gundel? Die scheint laut meiner Erinnerung jedenfalls 'nen ziemlich beschränkten Horizont zu haben. Und das als Hexe! Du kleine, rothaarige Hexe. Du machst mich ganz wild! Ich kann gar nicht anders, hörst du, du machst mich verrückt! Oh Gott, nein! Ich stiere und zittere. Sie guckt mich an wie einen wild gewordenen Stier. Scheint zu überlegen, was zu tun ist. Sehr inkompetente Frau. Keine Ahnung von meinen Qualen! Nach einer halben Ewigkeit hat sie entschieden, ob sie mich ernst nehmen kann. „Kommen Sie!", schnaubt Gundel und schiebt mich vor sich her die Treppen hinauf, lässt x Türen aufschließen, drückt mich irgendwann auf einen Plastikstuhl – natürlich weiß – in einem dieser Endlosflure mit sterilem PVC-Boden in Lamellengrau. Jetzt warten wir, Schulter an Schulter. Dass sie so viel Zeit hat. Oder nimmt sie sich die extra für mich? Womöglich muss sie dann Überstunden schieben. Sei doch froh, Mäuschen, andere Onkel nehmen sich nicht so viel Zeit für ihre Nichten. Und nun halt still, hörst du? Ein eiskalter Schauer läuft mir vom Scheitel bis zur Sohle. Ich betrachte verstohlen Gundels Profil. Vielleicht ist sie doch nicht so blöd? Könnte sie doch Gedanken lesen. Wo wir gerade bei blöd sind. Männer sind blöd. Männer sind Schweine, drei dieser Spezies geben das sogar offen in den Hitparaden zu.

Nur sind diese drei verdammt knackige Schweine. Ärzte. Aber wenigstens geben Sie es zu. Nicht wie Heiner, mein Onkel. Stopp, so einfach ist es nicht. Es gibt auch Männer, die keine Schweine sind. Zumindest kurzzeitig. Das sind dann die berühmt-berüchtigten männlichen Freunde, nach meiner Theorie. Von denen hatte ich schon viele. Zu viele. Ziemlicher Verschleiß. Aber eben immer nur kurzzeitig. Ging ja nicht anders. Heiko war so einer. Groß, blond, gut aussehend, meinen viele. Aber was interessiert mich das Geschwätz anderer? Hat mich noch nie gejuckt. Schließlich wollte ich ja keinen Liebhaber. Nur einen ganz stinknormalen Freund. So einen richtigen Busenfreund quasi, also rein platonisch, ohne Sex. Freundinnen hab ich immer genug gehabt. Aber keinen besten männlichen Freund. Auch keinen Bruder. Und auch keinen Papa. Das heißt, ich habe wohl einen, biologisch gesehen. Laut meiner Mutter war das einer ihrer vielen One-Night-Stands. Keine Ahnung, wer ER also ist. Ich bin nur mit Frauen aufgewachsen. Mutter, Oma, meine Schwester Marie. Halt, ich hab es fast vergessen. Da war noch Heiner, mein Onkel. Nein, hau bloß ab! Pfoten weg, Dreckskerl! Du hast so weiche Haut, Mäuschen. Komm, fass mich an. Ja, hier unten, na komm schon, nicht so schüchtern. Ich liebe dich doch! Klar, dass ich auch ein männliches Pendant brauchte. Glasklar. Da geht die weiße Praxistür schräg vor mir plötzlich auf. Ich schaue hoch und direkt in ein junges, lächelndes Männergesicht. Sympathisch. Ehrlich? Ein möglicher Kandidat, schießt es mir sofort durch den Kopf. Dieser alte Mechanismus ist sehr verlässlich. Ich scanne ihn wie der Terminator einen potentiellen Feind. Endlich mein Seelenverwandter? „Treten Sie bitte näher, Fräulein Hirsch. Kommen Sie in mein Büro!", fordert er mich mit braunäugigem Dackelblick auf. A handsome guy, indeed! „Warten Sie hier, Schwester Gundula", herrscht er sie an, gar nicht gentlemanlike. Gundeln müssen draußen bleiben, denke ich mir im Stillen und muss ein bisschen kichern. Sie darf nichts wissen. Wie Mama. Das hier ist unser Geheimnis, Mäuschen. Wenn du es der Mama verrätst, muss ich dir ganz doll wehtun. Also sag niemandem ein Wort. Ich presse mir die Hände auf die Ohren. Zu viel! Aber der Doc guckt so freundlich. So freundschaftlich. Fragender Blick von Mister Germany. Dazu hab ich ihn gerade eben erkoren. Ist doch auch besser, als ihn Dr. Dr. Gernot Ungemach – Psychiater und Psychotherapeut – zu nennen, wie er laut Plastikansteckschild heißt. Hört sich wahrhaft scheiße an, finde ich. Da kommt er bei mir echt gut weg. Also, Augen hat der... Wie Bernstein. Wie ein Hund. Treu. Ein treuer Freund. Du kannst dich glücklich schätzen, Mäuschen, dass ich dich die Liebe lehre, die Liebe zwischen Mann und Frau. „Was führt Sie also heute zu mir?", will er in nasalem Ärztejargon fachmännisch wissen. Was heißt hier heute, frag ich mich. Als ob ich schon x-mal hier gewesen wäre. Überhaupt, als ob ich schon ewig in dieser Anstalt wäre! Bin erst seit einer Woche hier drin. Oder seit zwei? Verdammtes Zeitgefühl, auch nix wert ohne meine Swatch! Also, mehr als drei Wochen sind's nicht, da bin ich sicher. Jedenfalls soll er froh sein, dass ich gekommen bin! Ich räuspere mich vernehmlich. Will cool sein. „Herr Doktor, jetzt spitzen Sie bitte mal Ihre süßen Öhrchen. Mir scheint, Sie sind neu hier oder haben gar keine Ahnung oder beides. Jedenfalls müssten Sie sich schon länger hier drin befinden als ich. Aber vielleicht sind Sie ja selber irre?" War das zu dreist? Entgeistert sieht er mich an. Klar, so was hat er grad nicht erwartet von einer laut Patientenakte mit Valium ruhig gestellten Insassin, die eher apathisch denn aufgeweckt wirken müsste. Aber wer sagt denn, dass ich die Tranquilizer schlucke, ihr Hirnheinis?! Ich muss meine aufbrodelnde Wut schon wieder zügeln, Gunters Body wittert scheinbar Gefahr, spannt seine Muckis unterm Ärztekittel, riecht nach Angst. Vor mir? Ich hab auch oft Angst gehabt! Klein und hilflos war ich, viel zu lange! Angst vor einem Mann, der behauptete, mich über alles zu lieben! Liebe?!? Mein Mädchen, das ist was ganz Besonderes mit uns. Liebe. Männer lieben Frauen wie dich, die sie so zärtlich verwöhnen und ihnen alle Wünsche erfüllen. Du bist schön, Mäuschen, wunderschön! Schnell befehle ich meinen Gesichtsmuskeln ein Grinsen, wische mit einer lässigen Handbewegung sämtliche Beunruhigung des Doktor Doktors und meine Gedanken beiseite. Konzentration! „Also, es ist so, Herr Psychiater und Psychotherapeut, ich will über Heiko reden. Meinen Freund." Gespannt beobachte ich seine Reaktion. Er ist ganz Ohr und wird sogar richtig nervös. Denkt sich wahrscheinlich, er hat das große Los gezogen oder so. Was geschafft, was vor ihm keinem seiner Kollegen gelungen ist, obwohl manche von denen sogar mit Professorentitel ausgestattet waren. Er nickt mir aufmunternd zu. Mach schon, blöde Kuh, denkt er sich bestimmt, ich brauch mal wieder 'ne Gehaltserhöhung! Oder vielleicht ist er auch wirklich so gutmütig treu-dumm-doof, wie er tut. Ich glaube nicht mehr an Freundschaft. Pah! Sehe doch schon im

Ansatz diesen lüsternen Blick! Ich lächle wissend. „Der Heiko, was glauben Sie, was mit dem passiert ist?" Erwartungsvoll schaue ich ihn dabei an. Da seufzt er. „Hören Sie, das wissen Sie doch selbst am besten!" Ich reagiere nicht. Erneuter Seufzer. „Also gut, Fräulein Hirsch, so Leid es mir tut, aber der Polizei und der Staatsanwaltschaft liegen eindeutige Beweise und gesicherte Erkenntnisse vor, dass Sie, nun ja, dass Sie Heiko Fasmann mit siebzehn Messerstichen getötet haben. Während er an den Metallrahmen eines Bettes gefesselt war, das in Ihrem Zimmer, Ihrer Studentenwohnung steht. Ich fürchte, die Beweislage ist da eindeutig..." Fast bedauernd blickt er jetzt drein. Tut mir ja fast schon irgendwie Leid, das Doktorchen. Schon redet er weiter, leckt sich die Lippen. Deine Lippen sind so weich, es tut so gut, hör nicht auf, Mäuschen. Na komm, der kleine Mann da unten liebt deine Lippen. Genau wie ich dich liebe. „Darüber hinaus, Fräulein Nikola (huch, warum plötzlich so intim?), liegen gesicherte Erkenntnisse vor, die darauf hindeuten, dass es weitere Morde gegeben hat. In ihrem Bekanntenkreis. Vier junge Männer, die in den letzten Jahren auf ungeklärte Art und Weise verschwunden oder unter mysteriösen Umständen ums Leben gekommen sind. Es deutet einiges darauf hin, dass diese... Fälle, sag ich mal, ja, Fälle, nun..., dass sie ebenfalls auf Ihr Konto gehen... könnten." Schnell hat er sich verbessert. Eine schwere Geburt. Natürlich kann er es nicht wissen. Niemand weiß, was ich mit meinen ex-platonischen Freunden gemacht habe. Schon mal an Säure gedacht? Wenn das das Doktorchen ahnte! Herzinfarkt lässt grüßen! Ja, Mäuschen, ja, ich bin gleich so weit! Gefällt es dir auch? Halt still, verdammt noch mal, leise, oh ja! Gleich kommt's mir!

Ich schüttle mich vor Ekel. Er atmet jetzt hörbar aus. Wenn er bei einem Liebesgeständnis auch so rumstammelt, ergreift doch jede Frau die Flucht, stelle ich mir vor und muss unwillkürlich lachen. Hysterisch lachen. Vielleicht würde er mir kein Liebesgeständnis machen? Ein Traum. Bisher hat's doch jeder getan. Aber mit diesem Adonis befreundet zu sein, das könnte was haben, denke ich. Ich grinse geheimnisvoll und vielsagend. Würde mich wohl fühlen mit ihm als Vertrautem meiner kranken Seele. Seelenverwandter. Mein Lachen ist für ihn bestimmt der eindeutige Beweis, dass ich verrückt und deshalb rechtmäßig hier bin. Vielleicht vertritt er auch die These, dass eine Irrenanstalt viel humaner ist als lebenslänglich Knast. Dass ich geheilt werden könnte. Außerdem hat man als

Geisteskranke ja eigentlich Narrenfreiheit. Mitleidig und zugleich hoffnungsvoll schaut er mich aus großen Augen an. Wie mein Teddy Bob, der vielleicht noch im blutbesudelten Bett liegt und bestimmt ein Schaumbad vertragen könnte. Vielleicht haben sie ihn auch mitgenommen. Zur Strafe. Ich weiß es nicht. Was hast du mit Onkel Heiner gemacht, Nikola? Du perverses kleines Ding! Es war ein Herzinfarkt! Der Doktor konnte ihm nicht mehr helfen! Widerliches kleines Ding! Schäm dich! So gesehen sind Ärzte mir sympathisch. Der Dackelblick vom Dottore macht mich aber langsam stinkig. Will der mich verarschen? Schäumend kocht Wut in mir hoch. Was bildet der sich ein? Soll froh sein, dass er nicht einer von denen ist, dass es nicht ihn erwischt hat! Guckt wie der Schönling Ken von Barbie! Zum Glück kriegt die jetzt 'nen neuen, einen Mann mit Charakter! Vielleicht einen Kumpel. Besser ist das. Da, plötzlich wirkt er verunsichert! Spricht mein Mienenspiel Bände, oder was? Kennt er mich doch so gut? Ist er mein Seelenpartner? Mein Freund, dem ich wichtig bin? „Warum erzählen Sie mir nicht einfach die ganze Geschichte. Ich habe Zeit und höre mir alles an. Natürlich werde ich Sie auch nicht unterbrechen oder Ihnen Vorwürfe machen. Fühlen Sie sich ganz sicher bei mir. Es muss doch da etwas geben in Ihrer Vergangenheit. Ich spüre da ein…, eine Art Trauma, ja. Können Sie mir dazu etwas sagen?" Etwas in mir klickt gefährlich. Sagen? Schreien könnte ich! Kreischen und jaulen, horrend gequält jammern! Sicher. Ganz sicher. Ganz sicher durfte ich mich auch bei Onkel Heiner fühlen! Klein und schutzlos. Mäuschen. Unsere Grundschullehrerin hat immer gesagt, dass die Vatis meistens ihre Mädchen lieber haben als ihre Jungs, bei Müttern sei es umgekehrt. Da hab ich sie gefragt, was ist, wenn ich keinen Vati habe, sondern nur einen Onkel? Bei Onkels ist das auch so, hat sie gemeint. Ich liebe dich doch, Mäuschen. Und du mich. Liebende tun alles, um einander glücklich zu machen. Sie kannte wohl keine bösen Onkels… oder nur die fast gleichnamige Band. Ungemachs prüfender Dackelaugenblick auf mir. Zu lange schon. Unbehagen flau im Magen. Dann sagt er eindringlich: „Ich bin hier, um Ihnen zu helfen, Nikola! Sie sind ein hübsches, junges Mädchen, es wäre wirklich schade um Sie!" Ich balle die Fäuste unterm Tisch. Wie alt ist der eigentlich?! Bestimmt der Kleinkinderpsychiatrie entsprungen! Nein, so einer könnte doch nicht mein Freund sein! Er versteht gar nichts. Viel zu beschränkt im Hirn! Schon wieder diese

Anspielungen. Männer! Keine Fantasie, kein Tiefgang, kein Wort zur richtigen Zeit und Schweigen im falschen Augenblick. Eine hohle Nuss, die nicht weiß, was für ein tiefes Gefühl die Freundschaft darstellt, das tiefste überhaupt neben der falschen Liebe, mit dem Unterschied, dass Liebe zerbrechlicher ist als Glas und verlogen, und wahre Freundschaft hingegen ein Fundament aus Stahlbeton aufweist! Keine Ahnung von bedeutungsschwangeren Sternennächten im Hochsommer auf Blumenwiesen, tausend Glühwürmchen in den Büschen am Wegrand, Duft der Honigbienen und Nektarstempel in der lauen Mitternachtsbrise! Das alles zusammen, ohne Forderungen! Nicht die Spur von Gespür für Zweisamkeit, die verschmilzt, auch ohne Worte, weil man sich bereits so viel gesagt hat in tiefgründigen Gesprächen über das Leben, Gefühle, Sein oder Nichtsein, Verhängnis und Tod, dass man in stillem Einvernehmen verharrt und die Natur in sich aufnimmt! Welch ein Kretin, welch ein Banause muss einer sein, dazu ein Meister der Psyche, des Unbewussten, Unterbewussten und des Unaussprechlichen, dass er so blind ist für das, was das Leben wirklich ausmacht! Einer, der einer Frau leicht sagen kann, dass er sie liebt und sie dann noch leichter in seine Gemächer schleppt, um sie zu begatten! Dass sie toll aussieht, sexy ist und begehrenswert! Dann weiter zur Nächsten! Gleiches Spiel von vorne! Tiere sind unschuldig dagegen! Primitive Viecher! Dummdreister Seelenquacksalber! Dir polier ich die Eiweißsäfte bis in dein verknorpeltes Gehirn! Auch zwischen uns wird's keine Freundschaft geben. Und schon gar keine Liebe!
Ein tiefer Schmerz bohrt sich in meine Eingeweide. Onkel Heiner hat mir immer gesagt, dass er mich liebe. Und dass er alles, was er mit mir machen würde, nur aus Liebe tue. Und dass ich aus Liebe zu ihm und um seine Liebe nicht zu verlieren, seine Liebespraktiken mit mir geheim halten müsse. „Ich zeig dir, wie gern ich dich hab!", hat er oft gesagt und dann seinen Reißverschluss geöffnet. Mir meinen Rock ausgezogen oder mein Nachthemd. Oder meine Hand, meinen Mund missbraucht. Gedemütigt! Beschämt! Das war seine Liebe. Und braune Augen hatte er auch! Jetzt ist er tot, aber was nützt mir das, wenn tausend andere genauso sind! Klick!
Ich grapsche reflexartig nach dem goldenen Brieföffner vor mir auf dem Schreibtisch, mit einem Ruck stemme ich mich aus dem Stuhl, stürze mich auf den dummdreisten, perplexen Psychodoc. Steche wie wild auf ihn ein. „Ja, raus mit deiner dümmlichen Oberfläch-

lichkeit! Gleichgültigkeit, Hass, Begierde! Eure so genannte Liebe! Nur das könnt ihr fühlen mit eurem beschnittenen X-Chromosom! Triebtäter! Frauen sind nur Objekte! Der Lust, der Wut, des Zorns und des Sexualtriebs! Elender Hormonochse! Genau wie Heiko, der hat sich auch von dem verrunzelten Stück Haut da unten in seiner Hose ins Bockshorn jagen lassen! Heiko und die anderen, denen das Rückgrat gefehlt hat, sich dauerhaft auf eine wahre Freundschaft mit mir einzulassen! Onkel Heiner, du Aas, schmor in der Hölle! Mäuschen, ich hab dich doch so lieb, lass dich streicheln! Eure Liebe zerstört alles, sie ist trügerisch und hinterlistig! Männliche Liebe ist falsch, eine dreiste Lüge, eine unverschämte Behauptung! Bestenfalls eine flüchtige Illusion! Freundschaft ist klar und rein und ehrlich und sicher! Wann kapiert ihr das endlich, ihr Scheiß-Typen! Wann, wann, wann? Alle gehört ihr beschnitten, restlos alle!"

Wie von Sinnen bin ich jetzt, ja, und ich fühle mich gut, etwas löst sich tief in meinen Eingeweiden. Mit jedem Mal, mit jedem Mann löst es sich mehr. Zschschsch, zischt es heraus aus meinem bis zum Bersten gefüllten Kopf, und ich merke, dass das Zischen von dem Blut kommt, das dem Dr. Dr. Gernot Ungemach aus diversen Wunden sprudelt. Unter seinem Kittel reiße ich ihm den Reißverschluss der weiß-rot gesprenkelten Doktorjeans auf.

Vor meinem finalen Stich halte ich inne. Gundula hat eben erst die Tür aufgestoßen und ihren übervollen Plastikbecher mit frisch aufgebrühtem Kaffee auf den Boden platschen lassen. Jetzt steht sie da, zur Salzsäule erstarrt. Sie soll meinen Triumph hautnah miterleben! Die Wahrheit über Männer erfahren! Sie ist eine Frau!

Den Brieföffner noch mit der rechten Hand fest umklammert, steche ich ein letztes Mal zu. Dann drehe ich mich vollends zu ihr um und sehe sie Beifall heischend und erwartungsvoll an. Ich habe einen Sieg errungen. Eine Lanze gebrochen. Ein Exempel statuiert. Für die Freundschaft.

CHRISTINE SIEBERT

Der Krimiheld

Die 38-Jährige arbeitet seit mehr als zehn Jahren als Journalistin für deutsche Zeitschriften und Radiosender in Paris. Ihr Themenschwerpunkt ist das Pariser Nachtleben sowie die Literatur- und Kinowelt. Sie hat verschiedene Reiseführer über Paris veröffentlicht und sich auch an Romanen versucht. Heute, mit einer drei Jahre alten Tochter, fehlt ihr die Zeit „zu dieser einsamen Knochenarbeit". Doch dem Zeitmangel kann sie auch Gutes abgewinnen: „In Erwartung einer künftigen Zeitinsel schreibe ich Kurzgeschichten und katapultiere sie ins Internet. Dort bekomme ich Kommentare, Kritik und Lob und gebe auch Anregungen für die Geschichten anderer weiter."

Der Beginn? Im Café. Oder aber im Taxi: Wir sitzen nebeneinander auf der weich gepolsterten Rückbank. Er sieht mich von der Seite an, und ich blicke geradeaus. Das Taxi gleitet langsam durch die regnerische Nacht, und ich sehe, wie die Scheinwerfer der entgegenkommenden Autos tiefe Säulen in den nassen Asphalt der Avenue brennen. Er legt nicht den Arm um mich, weil er denkt, ich würde es banal finden, wenn er das macht, worauf ich warte. Nein, viel zu verschachtelt. Oder besser im Café? Im Flèche d'Or, in dem ich gerade sitze? Eine ehemalige Bahnhofshalle, von der Decke hängen alte Lokomotiventeile, und die Leute haben grün gefärbte Haare. Sie sprechen und lachen laut genug, um eine mögliche peinliche Stille zwischen uns zu überdecken. In Wirklichkeit hat die Geschichte weder im Taxi noch im Café angefangen. Phil ist direkt zu mir nach Hause gekommen, mit einer Packung Präservative in der Hosentasche. „Wie ein richtiger Mann", so hat es meine Freundin Claire vorschnell ausgedrückt. Danach dachten wir, den kompliziertesten Teil hinter uns zu haben. Dabei ist der Anfang nur der erste Schritt und alle weiteren sind so kompliziert wie die vorigen – zumindest für Leute, die ihr Leben damit verbringen, Vorsichtsmaßnahmen zu treffen. Darum war das Flèche d'Or der richtige Ort für uns: cool, bunt und laut. Ein Ort für „Freunde mit ein bisschen mehr", wie Phil unsere Beziehung ängstlich definierte, als es in keiner Richtung weiterging. Was mir dabei fehlte, merkte ich erst, als Claire mich vor ein paar Tagen in ein Tango-Lokal zerrte. Dort war alles erlaubt: das Tremolo hoher Männerstimmen, die von Sehnsucht singen, tragische Falten auf den Stirnen der Tanzenden, glühende Blicke... Und schon hatte ich neue Hoffnung geschöpft, mir tragische Falten auf Phils Stirn vorgestellt, seine bebende Stimme... „Allein?" der Wirt des Flèche d'Or stellt krachend ein Bierglas vor mir ab. „Gleich kommt...", ich suche nach dem passenden Ausdruck, doch er unterbricht mich, will wissen, wer ich bin, will es dann aber doch nicht wissen, auch wenn ich immer gern versuche, diese Frage zu beantworten, sondern erzählt mir von seiner Kneipe – bitte! keine Szene-, sondern eine Stadtteilkneipe – und den Gästen, keine prätentiösen Möchtegern-Künstler, sondern einfache Leute aus dem Viertel, betont der Wirt und deutet stolz auf einen Clochard, der mit einer Plastiktüte in der Hand durch die ehemalige Bahnhofshalle schlurft. Die Halle sieht so aus, als würde Phil sie niemals durchqueren, und das leuchtet ein: So wie sie jetzt ist, kann er sie gar nicht durchqueren, sein Auftritt wird sie in eine völlig andere verwandeln. Eine Umwandlung, die ich mir immer weniger vorstellen kann, je mehr Zeit vergeht, auch wenn ich aus Erfahrung weiß, dass Phil immer zu spät, aber nie nicht kommt. Doch nach dem alltäglichen Erscheinen des Clochards kippt tatsächlich lokal die Welt um. Phil kommt durch die Halle geschossen, seinen besorgten Blick auf mich gerichtet, atemlos überholt er den Clochard. Der

Wirt zwinkert mir zu und geht davon. Phil holt Luft für die Schilderung der Abenteuer, die ihn zu spät kommen ließen: Telefonate mit größenwahnsinnigen Familienmitgliedern, Wortgefechte mit paranoiden Nachbarn, Verfolgungsjagden im Taxi. Sie klingen wie seine Krimiszenen: Phil schreibt Krimis, die er nur mir zeigt. Sie sind voller fantastischer Verwicklungen und blühender Bilder. Nun bin ich dran und erzähle triumphierend von Pathos und Passion, von Paaren, die tanzend ineinander verschmelzen, von einer Musik voller Wehmut und Sehnsucht. Phil klopft mit männlich-energischer Geste seine Zigarette auf den Tisch: Er raucht Camel ohne Filter. „Zum Beispiel: *Mi noche triste*", sage ich zu ihm. Ich falte den Zettel auseinander, auf den einer dieser glutäugigen Tänzer den Text geschrieben hat, und Phil schaut mich scharf, jedoch nicht glutäugig an, als ich „glutäugiger Tänzer" sage, dabei habe ich es spöttisch betont. *Der Spiegel ist ganz beschlagen, selbst er weint, weil die Frau den Mann nicht mehr liebt. Die Gitarre schweigt, nichts mehr bringt ihre Saiten zum Schwingen, seit sie gegangen ist. Und die Straßenlampen im ganzen Viertel sind zu traurig, um die traurige Nacht des Verlassenen zu erhellen.*

„Und dieser Tänzer? Was will er, was macht er, wie heißt er?" „Ich heiße Juan Carlos", sagte der Typ, der sich vor mir aufbaute, nachdem er mich eine Weile quer durch den Raum angestarrt hatte. Das „J" kam rau aus seiner Kehle, das „R" rollte er, es klang nach Macho und Stierkämpfer in einer untergegangenen, albernen Welt. Er war nicht glutäugig, wie ich mir das vorgestellt hatte, er hatte ein hageres, verschlossenes Gesicht und die lässige Haltung eines Dandys. Ich fand ihn eine Spur lächerlich und hätte ihn am liebsten dankbar umarmt, weil er mich endlich von diesem Tisch wegholte, an dem ich seit einer Ewigkeit allein saß, seit Claire von einem Tänzer zum anderen wechselte. Juan Carlos nahm mich beim Tanzen fest in die Arme, lächelte, als ich konzentriert zählend ein paar Schritte ausprobierte, fuhr mit der Hand meine Wirbelsäule entlang und drückte mich noch fester an sich. „Denke an nichts", sagte er und streichelte sanft über meinen Kopf, den ich nun endlich an seine Schulter lehnte. „Schließe die Augen", sagte Juan Carlos, und ich schloss die Augen. Er führte mich mit viel Dynamik. Phil gegenüber hebe ich allerdings das Lächerliche, das Stierkämpferhafte besonders hervor. Meine geschlossenen Augen, das sanfte Streichen über Kopf und Wirbelsäule lasse ich weg. Phil würde alles falsch verstehen und mir nicht glauben, dass ich dabei an ihn gedacht hatte. Das darf er auch gar nicht wissen. Als wir viele Stunden später aus dem Flèche d'Or kommen, regnet es. Wir nehmen ein Taxi. Wir sitzen nebeneinander auf der weich gepolsterten Rückbank, gelassenes Tuscheln aus dem Radio. Das Taxi gleitet langsam durch die regnerische Nacht, und ich sehe, wie die Scheinwerfer der entgegenkommenden Autos tiefe Säulen in den nassen Asphalt brennen. Er legt nicht den Arm um mich, weil er denkt, ich würde es banal finden, wenn er das macht, worauf ich hoffe. Als das Taxi vor meinem Haus hält, lässt er mich aussteigen und nennt dem Taxifahrer seine Adresse. Weil er denkt, ich würde es banal finden, wenn ... Ich habe Phil gesagt, ich will, dass wir nur noch einfache Freunde sind, statt „Freunde mit ein bisschen mehr". Eine Entscheidung, die ich ganz plötzlich getroffen hatte, als er im Taxi davonfuhr, und bei der ich auch geblieben bin, als er in der darauf folgenden Woche nichts von sich hören ließ. Er hat mich groß angesehen und eingewilligt und seitdem ruft er mich fast täglich an. Aber ins Tango-Lokal will er nicht mitkommen. Unter den rot glühenden Neonbuchstaben „La Milonga" glitten hinter schimmernden Fenstern die Paare vorbei wie Fische in einem Aquarium. Ich musste meinen Mut zusammennehmen, um die schwere Tür aufzustoßen, ich stellte mir vor, mir würde ein Wasserschwall entgegendrängen und mich zu Boden werfen, aber es geschah gar nichts, als ich die Tür öffnete, und auch nicht, als ich mich an eines der runden Tischchen am Rand der Tanzfläche setzte. Kein Juan Carlos, der mir quer durch den Raum seinen dunklen Blick zuwarf, niemand, der nach mir fragte. Man hatte ein Glas vor mir abgestellt, das mir eine gewisse Existenzberechtigung verschaffte, daran nippte ich und suchte dabei nach Formulierungen, um für Phil die Leere zu füllen, wenn ich ihm bei unserem nächsten Treffen den Abend schildern würde: „Eine ältere Dame, die seit Ewigkeiten sprungbereit auf einer Stuhlkante sitzt, so lange wie auch ich ...", aber das durfte Phil ja nicht wissen. „Ein mürrischer Bursche, der ..." Da stand jener Bursche auch schon vor mir, blickte durch mich hindurch und ruckte kurz mit dem Kopf. Ich erhob mich zögernd, lehnte mich an ihn und legte meine Stirn in tragische Falten. Er zerrte an mir, ich strauchelte, er schob mich ein wenig, blieb dann stehen und sagte: „Können Sie nicht tanzen?" „Ich fange erst an", antwortete ich beschämt. Er seufzte und zählte mir griesgrämig den Takt ins Ohr, er schob mich ein paar Runden holpernd im Kreis herum, dann stellte er mich vor meinem Tischchen ab und sagte verächtlich: „Merci". Weg hier, das Glas, an dem ich so lange sparsam genippt hatte, leerte ich nun in einem Zug, raffte meine Sachen zusammen. In der Tür wäre ich fast mit Juan Carlos zusammengeprallt. „Wo willst du denn hin, gehst du schon, komm, wir tanzen!" „Aber ich …", begann ich halbherzig, doch Juan Carlos nahm mir einfach die Tasche ab, stellte sie auf einen Tisch, umfasste mich und ließ mich nicht mehr los. Ich tanzte mit erhobenem Kopf an dem Griesgram vorbei. Als sich unsere Blicke trafen, verwechselte ich meine Beine, und als ich sie wieder entwirrt hatte, sagte Juan Carlos: „Denke an nichts", und ich sagte in Gedanken zu Phil: „Siehst du, es gibt Leute, die nehmen einem die Entscheidung einfach ab, so, jetzt tanzen wir, da geht's lang …" „Du denkst zu viel", sagte Juan Carlos lächelnd, und ich dachte, dass Tanzen bedeutete, mit dem Körper zu denken, und dass, solange ich das mit dem Kopf dachte, noch nichts getan war, und das einige Tänze lang, bis mir die Entschlossenheit von Juan Carlos' Körper dabei half, gar nichts mehr zu denken. Wir tanzten, bis die Musik abgestellt wurde. „Kann ich dich nach Hause fahren?", fragte Juan Carlos leise. Auf der Heimfahrt sprachen wir kein Wort. Juan Carlos schob eine Kassette ins Autoradio. Wieder *Mi noche triste*. Ich beobachtete ihn von der Seite. Irgendetwas rührte mich an diesem verschlossenen Gesicht. Irgendeine alte, nie überwundene Trauer. Vor meinem Haus blieben wir im Auto sitzen und lächelten uns lange zu. Bis ich es nicht mehr aushielt. Ich wusste, jetzt würde er mich gleich an sich ziehen und küssen, aber er hätte nicht so lange warten dürfen, er hätte mich einfach überrumpeln müssen. Hastig wand ich mich aus dem Sitz und erhaschte noch seinen dunklen Blick. „Bis bald!", rief ich ihm zu und lachte entschuldigend durch die Scheibe. Ich höre das Telefon schon klingeln, als ich den Schlüssel ins Schloss stecke. „Und?", fragt Phil. „Was macht dieser Tangotänzer?" „Weißt du, Phil, er blickt mich manchmal traurig an, das ist alles." „Ach, du liebe Zeit", sagt Phil beunruhigt. Beglückt legte ich auf, lief leichten Herzens durch die Wohnung, und das bis zum folgenden Abend, an dem ich mein Haus verließ, um mich doch noch küssen zu lassen. Ich tanzte durch Straßen und Metrogänge und ließ mich im Flug von jemandem auffangen, der in der Tür des La Milonga stand. Es war aber nicht Juan Carlos, sondern ein Unbekannter mit genau den verführerischen schwarzen Locken, die Phil garantiert Juan Carlos andichtete. Bevor ich noch etwas einwenden konnte, zog der Fremde mich eng an sich und wickelte herrisch meine Beine in die seinen. „Ich heiße Leo Romanski", hauchte er mir mit heißem Atem ins Ohr. Ich hätte beinahe laut gelacht: So viel Kitsch würde selbst Phil hier nicht vermuten. Erst als ich Juan Carlos sah, verging mir das Lachen. Der blickte böse an mir vorbei und hatte nun endlich doch Glutaugen. Ich ließ Leo Romanski stehen, stellte mich aufrecht vor Juan Carlos hin und grüßte. In meinen Beinen spürte ich noch meinen herrischen Tänzer. Juan Carlos nickte meinen aufgeladenen Beinen knapp zu und forderte die Frau, die direkt neben ihm stand, zum Tanzen auf. Phil und ich haben einen neuen Vorwand gefunden, um uns im Flèche d'Or zu treffen. Wir werden gemeinsam schreiben: Er an seinem Krimi, ich an noch nicht genau definierten Projekten. Er sitzt schon da, als ich komme, und durchbohrt mich quer durch die Halle mit seinem Blick. „Durchbohren", denke ich. „Das ist das richtige Wort." „Ich muss meinen Text noch verbessern", sage ich unsicher und ziehe ein paar Blätter aus der Tasche. „Vielleicht zeige ich ihn dir dann." Ich spüre Phils Blick, als ich in meinen Zeilen herumkritzele. Als ich aufsehe, schaut er schnell weg. Ich lächle in mich hinein. Soll er den Text ruhig lesen: Ist er, mein neuer Freund, nicht schon dabei, zum alten Freund zu werden, dem ich seelenruhig mein Herz ausschütten kann? „Es ist ein innerer Monolog. Er hat absolut nichts mit der Wirklichkeit zu tun", betone ich, als ich ihm die Bögen zuschiebe. „Alles ist erfunden, o.k.?" Da kommt Juan Carlos zur Tür herein. Sieht mich nicht oder tut so, ich sehe nur seine Haare von hinten und weiß, er ist es, wo doch viele ähnliche Haare haben, Leo ist beleidigt, weil ich ihn stehen lasse, auch egal, da stellst du die Tasche ab, genau neben der Frau im schwarzen Kleid, siehst du mich denn nicht, warum forderst du sie auf und nicht mich, die Frau trieft in deinen Armen wie Karamell, gefällt dir das etwa, und noch ein Tanz, soll ich denn ewig hier stehen bleiben, so endlich, ciao, mach schon, aber jetzt gehst du weg von mir, setzt dich hin, allein, aber weit weg und grüßt mich nicht, soll ich dich denn jetzt ignorieren oder dir zuwinken oder zu dir hingehen, aber was dann, setze ich mich dann zu dir oder gehe nur grüßend vorbei, aber wie grüßen, sage ich nur „Salut" oder … Was tust du jetzt so erstaunt, küsst mich auf die Wangen, danke, nimmst mir die Entscheidung ab, klar will ich tanzen, ist das nicht merkwürdig, du hältst meine Hand und deine Haarsträhne kitzelt meine Stirn, wenn du wüsstest, *Mi noche triste*, gestern Dutzende Male, bis ich's nicht mehr hören konnte *la guitarra en el ropero* läuft es dir da auch *todavia esta colgada* aber wenn man das auf Deutsch *nadie en ella canta nada* nicht auszudenken die verbale Kitschkatastrophe *ni hace sus cuerdas vibrar* auf Deutsch ist alles schwerer Brocken schon die Lehnwörter saurer regen leitmotiv waldsterben andersrum laisseraller savoir-vivre was sagst du da eine Pause? Eine Pause?! Warum denn eine Pause?!! Wie denn, Leo? Was geht mich Leo an, was geht mich irgendwer an, aber warum gehst du denn weg, hier sitzen wir doch, hier stehen nebeneinander unsere Taschen, warum setzt du dich weit weg von ihnen, ausgerechnet zu Leo, soll ich mich jetzt allein zu unseren Taschen setzen, wolltest du prüfen, ob ich dir hinterhergehe, aber neben wen setze ich mich nun, du hast dich da hinten verschanzt, weißt du eigentlich, wie merkwürdig du bist, wenn du denkst, ich warte den ganzen Abend, bis deine Pause vorbei ist, jetzt fordert mich so ein langer Jüngling auf, steht vor mir wie ein Fragezeichen, du taxierst ihn, als sei er ein Insekt, ja gern tanze ich, jetzt schaust du, mein Gott, hat der kantige Knie, schlägt damit gegen meine, dann lieber rumsitzen, bis du vielleicht mal was sagst, und jetzt stehst du auf, wo gehst du hin, warum denn wieder die Frau in Schwarz, au, mein Knie, nein danke, später gerne wieder, das stört dich nicht, dass sie wie Kaugummi in deinen Armen klebt, ja, Leo spricht jetzt mit mir, das siehst du, das durchbohrst du mit deinem Blick, das verhinderst du mit deinem Blick, und jetzt blickst du weg, aber ich kann nicht mehr hinhören, auch du sprichst und die im schwarzen Kleid lacht, was sagst du ihr denn da, das waren doch schon mindestens drei Tangos, und du kommst und kommst nicht wieder, wenn du glaubst, ich lehne Leos Aufforderung ab, merkwürdig, vorhin hielt ich deine Hand, nun wieder Leos, er hat den gewissen Drive, da schaust du, dein Blick brennt und versengt, jetzt wird die im schwarzen Kleid abserviert hast du gesagt Pause damit du besser schauen kannst so jetzt die strategische Position siehst du auch alles ganz genau du bist so merkwürdig aber ich wollte doch nicht mehr denken ich mache einfach die Augen zu nur noch der Rhythmus gehört das denn dazu mit dem Schenkel gegen den Schenkel zu reiben wie Leo machst du das auch mit der Frau in Schwarz muss ich drauf achten das nächste Mal aber wo bist du denn warte doch. Warte doch! Und schon zur Tür hinaus ohne Gruß.

Wo ist die Frau in Schwarz? „Juan Carlos also", sagt Phil finster. „Was interessiert dich ..." „Aber nein", unterbreche ich ihn schnell. „Das hat doch nichts mit der Wirklichkeit zu tun. Ich kann ihn auch anders nennen. Rolando. Alberto." „Oder Jean Charles", sagt Phil wütend. „Muss es denn ein Latino sein? Was interessiert dich an so einem gestörten Latin Lover?" „Stopp, Stopp", schreie ich, begeistert über Phils Wut. „Erstens interessiert er mich nicht, zweitens ist er nicht der Einzige, der Angst hat, sich auf jemanden einzulassen ..." „Erstens interessiert er dich, sonst würdest du nicht über ihn schreiben." „Zweitens kann ich ja auch über Leute schreiben, die mich nicht interessieren." „Du hast es doch nicht nötig, so einem gestörten Typ hinterherzurennen ..." „Also jetzt mal langsam: ‚Ich' bin erstens nicht ich, und Juan Carlos ist nicht Juan Carlos, zweitens rennt die Erzählerin dem Typ nicht hinterher. Hast du's denn nicht gelesen?" Ich bohre meinen Finger in die korrigierte Textstelle: „Das durchbohrst du mit deinem Blick!", lese ich triumphierend vor. „Er durchbohrt sie mit seinem Blick, weil sie mit einem anderen spricht! ER vergeht vor Eifersucht! SIE rennt ihm doch nicht nach!" Jetzt bin auch ich wütend. Es ist ein wunderbares Gefühl. „Klar ist so ein Macho eifersüchtig", schnaubt Phil, und ich ereifere mich: „Das ist doch keine banale Macho-Eifersucht. Sie hat etwas in ihm ausgelöst, was viel tiefer geht. Etwas Schmerzlich-Mysteriöses!" „Schmerzlich-mysteriös!", stöhnt Phil. „Findest du's kitschig?", frage ich schnell. „Superkitschig! Das passt überhaupt nicht zu dir." Ich hätte ihm den Text nicht zeigen sollen. Superkitschig. Er hat wahrscheinlich Recht. Und doch bin ich bester Laune. Rundherum sind sie wütend, eifersüchtig und durchbohren mich mit heißen Blicken, die mich wärmen. „Heiße Blicke, die mich wärmen", das ist sicher genauso kitschig wie mein Text. Na und! Ein Text darf ruhig kitschig sein! Vor allem, wenn man ihn niemandem mehr zeigen wird! Es ist einfach ein Experiment. Genau wie diese ganze Sache mit Juan Carlos. „Experiment, Experiment", singe ich innerlich, als ich mit schnellen Schritten das Flèche d'Or verlasse, glücklich über Phils Blick in meinem Rücken. „Ein Experiment", sage ich laut, setze mich auf eine Bank und lasse die Sonne meine geschlossenen Lider kitzeln. Phil hat Recht: Juan Carlos ist völlig durchgeknallt. Und doch muss ich das Experiment zu Ende führen. All das wagen, was ich mit Phil nie gewagt habe, weil nichts zerbrechen durfte. Ich lache. Und denke an gemeinsame Glücksmomente, die mir noch wie Stromstöße in den

Gliedern sitzen. Nach einer solchen Nacht haben wir oft lange nichts voneinander hören lassen. Aus Angst, die strahlende Erinnerung durch ein ungeschicktes Wort zu überschatten.

Doch nun kann ich mir alles erlauben! Wenn Juan Carlos hier vor dieser Bank auftauchen würde, dann würde ich ihn küssen, ganz einfach, weil ich dazu Lust habe, fährt es mir durch den Kopf ... Und da stand er plötzlich vor mir. Ich schrie auf: „Juan Carlos! Gerade habe ich an dich gedacht!" „Was hast du denn gedacht?", fragte er und setzte sich neben mich. „Dass ich ..." ... Lust habe, dich zu küssen? Würde ich das überhaupt noch wollen, wenn er tatsächlich vor mir stehen würde? Wahrscheinlich würde ich mir dann nur eins wünschen: allein in der Sonne zu sitzen und von ihm zu träumen.

„Juan Carlos, ich habe heute an dich gedacht", versuchte ich es abends im La Milonga, doch er ging nicht darauf ein, sagte anklagend: „Leo ist in dich verliebt." „Hör endlich auf damit", sagte ich. Leo tanzte an uns vorbei und lächelte mich über die Schulter seiner Tänzerin hinweg an, woraufhin Juan Carlos seinen Kopf wegdrehte. Eine Weile hielt ich durch und sah seinen Hinterkopf an. Dann blickte ich geradeaus, und nur wenig später ging ich in die entgegengesetzte Ecke des Raums. Diesmal holte er mich nicht dort heraus. Nur Leo kam, legte seinen Arm um meine Schultern, redete auf mich ein und zog dann ergebnislos wieder davon. Diesmal erwiderte Juan Carlos nicht meinen ruhelos kreisenden Blick: vom Fenster, zum Ventilator, zur Bar und wieder zurück. Unterm Ventilator lachte er mit der Frau im blauen Kleid, vor dem Fenster grüßte er die Frau in Schwarz, an der Bar plauderte er mit der Frau in Rot. Vor dem Fenster fasste seine Hand in die Haare der Frau in Schwarz. Unter dem Ventilator berührte seine Wange die Wange der Frau in Rot. Durch die Tür ging er mit der Frau in Blau.

Niemand hielt mich zurück, als ich das Lokal verließ, kein Blick bohrte sich in meinen Rücken, kein Telefon klingelte, als ich die Wohnungstür öffnete. Am nächsten Abend kam Juan Carlos nicht ins La Milonga und auch an den Abenden darauf nicht. Auch die Frau in Schwarz tauchte nicht mehr auf. Die Frau in Rot und die in Blau jedoch genauso wenig, oder war es die dort hinten, heute in Grün, oder die in Rot vielleicht, inzwischen in Schwarz? Wenigstens Claire stand eines Abends vor mir und zerrte mich aus dem Lokal hinaus.

„Ich habe den Eindruck, Juan Carlos ist für deine Experimente unbrauchbar", sagt sie nach einigen Gläsern im Flèche d'Or, in dem

Phil, der mich in diesen Tagen nicht angerufen hat, nicht zufällig sitzt. „Aber vielleicht, wenn ich ihm klarmache, dass er es falsch interpretiert hat, als …" „Ach was. Was ist mit Phil?" „Der ist zum hundertsten Mal auf und davon." „Juan Carlos ist auch auf und davon." „Vielleicht, weil ich ihm nie gesagt habe, dass …" „Dass was?", unterbricht mich Claire unerbittlich und nickt einer grünhaarigen Bekannten zu. „Ich muss gehen", sage ich, als die Bekannte gut gelaunt an unseren Tisch kommt. Draußen fiel kalter Regen. Als ich ganz nass war, ging ich in eine Telefonzelle, faltete den zerknitterten Zettel auseinander, seine Nummer stand unter dem Text von *Mi noche triste*. Ich wählte, doch niemand nahm ab. Der Regen hämmerte von oben auf das Dach der Telefonzelle, von der Seite spritzte ein Straßenreinigungswagen Wasser an die Scheibe, und drinnen weinte ich. Ich weinte lange, der Wagen verschwand um die Ecke, Passanten eilten unter Regenschirmen vorbei. Niemand klopfte an die Kabinentür oder presste seine gerunzelte Stirn an die Scheibe, um zu zeigen, dass er an der Reihe war. Als ich die Tür zum Freien aufstieß, klapperten mir die Zähne. Sie klapperten auch noch, als ich nach Hause kam. Ich stieg aus den nassen Kleidern und stellte mich zitternd vor den Spiegel. Ich schnitt Grimassen, um mich zum Lachen zu bringen und mir zu beweisen, dass ich noch da war. Das habe ich aber erst gespürt, als der Spiegel mit lautem Krach auf den Boden fiel und in viele Stücke zerbrach. Ich ließ ihn dort liegen und kroch ins Bett, tief unter die Decke. Dort zitterte und lachte ich lange und fühlte, dass ich noch lebte. Dass ich noch längst nicht am Ende war mit meinen Experimenten. Und dann klingelte endlich das Telefon. „Entschuldige, dass ich dich neulich angeschrien habe", sagt Phil aus dem Hörer. „Mich hat der Gedanke genervt, dass du dich nach so einem gestörten Typ verzehrst. Doch inzwischen habe ich verstanden, was du meinst." Ich glaube ihm. Es ist wie zu Beginn, bevor alles stecken blieb: Phil weiß, was ich meine, obwohl ich es selbst nicht weiß. „Ich war auf dem Land, um meinen Krimi zu Ende zu schreiben. Morgen komme ich zurück. Holst du mich vom Bahnhof ab?" Ich habe Herzklopfen, als ich auf dem Bahnsteig stehe, weil ich vorhabe, auch Phil gegenüber endlich dem Lustprinzip zu folgen, aber wer weiß, auf was ich Lust haben werde, wenn er wirklich vor mir steht. Etwas von Vorsicht und Ankunft mahnt, als habe sie meine Überlegungen erraten, die durchdringende Stimme aus dem Lautsprecher. Diesmal will ich doch gar nicht vorsichtig sein.

Die Gleise sehen nicht so aus, als ob jemals ein Zug ankommen wird. Aber dann geht alles sehr schnell: Der Zug kommt rasch um die Ecke gebogen und bleibt vor mir stehen. Seine glatte Wand platzt an mehreren Stellen auf, und Gestalten bröckeln heraus. Schnell vereinigen sie sich auf dem Bahnsteig zu einem homogenen Strom, der in gleichmäßigem Tempo auf mich zuquillt. Plötzlich sehe ich Phil: Scharf tritt seine Gestalt aus der verschwimmenden Masse hervor, man sieht nur ihn, und dennoch eilen andere Wartende auf andere Ankommende zu. Er kommt rasch näher, und sein Blick brennt, als er mich entdeckt. Er ist sonnengebräunt und hat einen Dreitagebart, er sieht verwegen und glücklich aus, wie ein Bergsteiger, der den Gipfel erklommen hat. „Gehen wir zu dir oder zu mir?", fragt er und streicht mir dabei sanft über die Wange. Ich starre ihn mit offenem Mund an. „Also … Bei mir sieht's ziemlich chaotisch aus …" „Ah?" Nun ist er wieder ein bisschen der Alte, doch der neue Mut siegt rasch über seine Zweifel, als ich sage: „Es ist nur mein Spiegel. Er ist von der Wand geknallt, überall liegen die Scherben herum."

„Also dann gehen wir zu dir", entschlossen nimmt er meine Hand. Während der ganzen Metrofahrt sprechen wir kein Wort: Seine Hand zu halten fordert meine ganze Aufmerksamkeit. Zu Hause steigen wir vorsichtig, langbeinig wie Störche über die Spiegelscherben, aus denen uns Reflexe der Spätsommersonne entgegenblitzten. Ich setze mich auf die Bettkante. Phil bleibt stehen und sieht sich um, als befürchte er, Juan Carlos könne plötzlich hinter dem Schrank oder unter der Couch hervorkriechen. „Und dein Krimi?", frage ich. Als Antwort holt Phil einen Stapel Papier aus seiner Tasche. „Lies ihn mir vor", bitte ich. Ich lehne mich zurück und schließe die Augen. Die Abendsonne scheint schräg durchs Fenster und lässt vor meinen geschlossenen Lidern blaue Schmetterlinge tanzen. Der Held des Krimis heißt Carlos José, er geht entschlossen zur Sache, rettet eine schöne, junge Frau vor ihrem krankhaft eifersüchtigen Mann, verhindert einen Mord, deckt einen Manuskript-Diebstahl auf und kommt Entführern auf die Spur.

Was aber die Hauptsache ist: Er schlägt alle Verehrer aus dem Feld, die sich um die schöne Frau gruppiert haben, er nimmt ihr die Angst, die sie vor der wirklichen großen Liebe hat, von der sie lieber träumt, als sie zu erleben. Denn Träume kann einem schließlich keiner wegnehmen, während ein Geliebter sich aus dem Staub machen kann.

Doch Carlos José ist eben so überzeugend und zugleich feinfühlig, dass alles nur gut ausgehen kann, er ist genau so, wie ich mir anfangs Juan Carlos vorgestellt habe, bevor ich begriffen habe, dass der wirkliche Juan Carlos zögerlich und verwirrt ist, auch Phil hat schon früh erkannt, dass Juan Carlos überhaupt kein Held und Retter ist, wenngleich Tangotänzer mit gefährlich klingendem Namen. Doch beide haben wir ihn uns zu Beginn selbstsicher und mutig vorgestellt, und Phil hat diesen imaginären Juan Carlos regelrecht geschluckt und so diese Energie eingesogen, die ich schon auf dem Bahnsteig gespürt habe und die alle neuen Experimente möglich macht. Das Highlight ist für mich der Schluss des Krimis: Da sitzt doch tatsächlich das neue Paar leidenschaftlich umschlungen in einem Taxi und fährt den Lichtsäulen der Scheinwerfer hinterher, die den nassen Asphalt entzweischneiden. „Findest du's kitschig?", fragt Phil. „Nein", sage ich, und wir lachen, wie nur zwei alte Freunde lachen können, die gemeinsam ein neues Experiment wagen werden, lachen, wie nur wir zwei lachen können: Phil und ich.

Swantje Krause

Something Beautiful

Sie ist eine alte Bekannte: Schon 2002 war Swantje Krause unter den Siegern des Maxi-Literaturwettbewerbs – mit ihrem Kurzkrimi „Rendezvous mit dem Tod". Diesmal beeindruckte die 37-jährige Hamburgerin mit ihrer Erzählung von einem kleinen Jungen, der nach Waldmeister duftet. „Der Text ist während des heißen Sommers 2003 entstanden, als ich mich nach kühlen, luftigen Dingen gesehnt und literweise Eiswasser mit Waldmeistergeschmack getrunken habe", verrät Swantje Krause, die Amerikanistik und Ostslavistik in Chicago und Hamburg studierte und als Dramaturgin an verschiedenen Theatern tätig war. Zurzeit arbeitet sie als Übersetzerin.

A uf keinem der Fotos sieht man seine Flügel, die Flügel, in die ich mich damals so sehr verliebte: orangerot wuchsen sie aus seinen sonnengebräunten Kinderschultern heraus und umrahmten seinen Rücken wie ein leuchtendes Herz.

Es ist etwas passiert, das mich die Fotos von damals herauskramen lässt. Ein erinnerter Geruch hüllt mich ein. Ich kann nichts dagegen tun. Es ist ein guter, ein wunderbarer Geruch. Der wunderbarste, den ich kenne. Fauns Geruch. Faun: Spielkamerad, Waldkind, Sommerfreund. Eines Tages war er da, weckte uns morgens um sieben mit seinem Kieselsteinlachen. Heißer, länger, sonniger als heute waren die Sommer. So kommt es mir vor, als ich die Fotos betrachte. Kinderfotos von mir und Faun. Niemals irgendwo eingeklebt. Manche haben sich mit der Zeit grotesk verfärbt. Man kann nicht mehr viel auf ihnen erkennen. Zwei Kinder, die ungeduldig in die Kamera gucken, da sie ihr Spiel für den Moment unterbrechen müssen, den es braucht, um sie für die Ewigkeit festzuhalten. Terra und Faun – vier, fünf Jahre alt, dreizehn, vierzehn auf einigen wenigen. Älter nicht. Niemals älter! Ich stehe auf, gehe in die Küche und mache Kaffee. Schäume Milch auf, streue Zimt und Vanille darüber. So trinke ich ihn am liebsten. Mit Zimt und Vanille. Wald, Wasser, Sommer und – Faun. Aus einem Schuhkarton Kindheit hüpft er auch jetzt wieder mühelos in mich hinein mit seinen Waldgedanken. Ein Seeufer: ich, bis zum Bauch im Sand, meine Haare hell wie Heu. Ich halte den Kopf schief und schiele auf die Wassertropfen, die an meinem Arm hinunterkullern. Faun kniet hinter mir, schüttelt die klatschnassen, dunkelbraunen Haare. Seine Zähne blitzen makellos weiß wie die Kieselsteinchen, die wir aus dem klaren Wasser sammeln und an geheimen Orten im Sand vergraben. Faun lacht. Auf fast jedem Foto lacht er sein Kieselsteinlachen. Er ist glücklich. „Pebbles", sagt mein Vater, „kleiner Pebbles". Er hat alle verzaubert. Pebbles ist englisch und bedeutet Kiesel. Aber er heißt Faun. Faun! Ein anderes Bild: Terra und Faun als Punkte im Hintergrund. Mein Vater, der Landschaftsfotograf, interessiert am schillernden Grünblau des Sees. „Flügel? Wie kommst du denn darauf?" Meine Mutter, überwältigt von der Fantasie ihrer vierjährigen Tochter.

Fakt ist: Faun stammte aus dem etwa zwei Kilometer entfernt gelegenen Dorf. Seine Eltern hatten etwas Vieh und ein winziges Stück Land, glaube ich. Aber wahrscheinlich stimmt das nicht. Faun war ein Charmeur – wie meine Mutter es ausdrückte, die ein Faible für ausländische Wörter hatte – der Liebling der wenigen Touristen, die wie wir in den siebziger Jahren ihre Ferien am Waldsee verbrachten. Fakt ist auch: Faun besaß die schönsten Flügel, die ich in meinem ganzen Leben gesehen hatte. Viele hatte ich allerdings nicht gesehen, eigentlich keine – außer an Vögeln. An jenem ersten Morgen, als er da am See saß, ein kleiner brauner Junge, das dunkle Haar im grellen Sonnenlicht, da hielt er sie noch verborgen wie einen Schatz… „Hallo", sagte er. „Hallo, ich bin Faun." „Faun",

wiederhole ich leise und renne auf ihn zu. Ich muss ihn umarmen,
sein Sommerhaar berühren. Ich bin vier Jahre alt. Ich sage ihm,
dass ich Terra heiße und dass meine Augenwimpern verschiedene
Farben haben.

Links blond, rechts schwarz. In diesem Sommer erzähle ich es allen.
Ich mag nicht, dass man über mich lacht. „Schön", sagt Faun und
lächelt mich an. Seine Augen sind hellbraun, doch als er mich
anschaut, werden sie blau, ganz blau, wie meine. Er kommt näher
und gibt mir einen schimmernden Kiesel. „Für dich", sagt er, „von
mir." Ich nehme den Stein aus seiner kühlen, rosa-braunen Hand.
Es ist eine wunderbare Hand. Und dann, als er einen Schritt zurück-
weicht, sich verlegen gegen einen großen Stein lehnt, verschnauft,
als hätte es all seinen Mut gekostet, mich zu berühren – da rieche
ich ihn. Fauns Duft. So, als würde ein Baby schwitzen, so riecht er –
nach Waldmeister, Salz und Staub. Ich stupse ihn an, nur um irgendetwas zu tun, und es passiert: Das, was er hinter seinem Rücken
verstecken will, das, was ich nicht sehen soll, flutscht heraus. Für
einen winzigen Moment sehe ich es, sehe es orange hinter ihm auf-
leuchten. Flügel! Oh! Ich presse die Hände vor den Mund: So etwas
habe ich noch nie gesehen. So etwas Schönes! Ich will ihn anfassen,
diesen kleinen, duftenden Jungen, will sehen, wie er fliegt. „Nein",
flüstert er. Seine Augen sind grün. Er stößt sich ab von seinem Stein
und rennt hinunter zum Wasser. Ich lasse ihn fliehen. Ich bin ein
Kind mit gesunden Reflexen. Am nächsten Tag ist er wieder da.
Planscht im seichten Wasser, verschenkt Steine und zaubert mit seinen Augen. Terra und Faun. Faun und Terra. Den ganzen Sommer.
„Ihr zwei Herzmuscheln", sagt meine Mutter und bringt uns Erd-
beeren. Wir spielen im Sand unter den hohen Kiefern, bis es dunkel
wird. Schwimmen im See. Schnuppern aneinander. Schweigen.
Sammeln Steine. Denken Waldgedanken. Abends schnalze und rolle
ich mit der Zunge, damit ich das Sprechen nicht verlerne. Faun lacht
sein Kieselsteinlachen. Nachts, wenn ich schlafe, fliegt er über den
See. Morgens duftet mein Kissen nach Waldmeister. Am Tag der
Abreise sitzt Faun auf seinem Stein und sieht zu, wie wir die Koffer
ins Auto räumen. Ich gehe zu ihm hin und streichle sein Haar. Er
rührt sich nicht. Seine Augen sind schwarz wie das Meer. „Ihr zwei
Herzmuscheln", sagt meine Mutter, „ihr zwei Herzmuscheln". „Vielleicht besuchst du uns mal, kleiner Pebbles", sagt mein Vater. Und
schlägt die Autotür hinter mir zu. Das ist der Anfang. Eine Weile

begleitet mich Fauns Duft durch die Großstadt, dann verliere ich ihn. Er kommt mich nicht besuchen. Nie! In der Stadt ist Terra Terra – bis zum nächsten Herzmuschelsommer am Waldsee. Der letzte Sommer: Ich bin 14 und steige aus dem Auto. Faun sitzt auf seinem Stein. Er ist größer geworden, trägt die Haare kürzer. Ich will an ihm schnuppern – ein altes Ritual – aber er gibt mir stattdessen die Hand. „Der kleine Pebbles ist flügge geworden", sagt mein Vater und zwinkert mir zu. Ich hasse ihn. „Terra", sagt Faun, und seine Stimme ist braun wie seine Augen. Er lächelt. Und ich weiß, dass ich nicht länger warten muss. In der Nacht schleiche ich mich aus dem Haus und laufe hinunter zum See. An seinen Stein gelehnt warte ich. Ich spüre ihn, bevor ich ihn sehe. Mit zitternden Händen streiche ich über seine riesigen orangeroten Flügel. Warm sind sie und weich, wunderbar weich. Faun zuckt zusammen, aber er flieht nicht. Diesmal nicht. Er hebt mich auf, und wir fliegen. Über den See. Faun und Terra. Die ganze Nacht. Den ganzen Sommer. Das ist das Ende. Im darauffolgenden Sommer fuhren meine Eltern und ich zum letzten Mal gemeinsam in Urlaub: nicht an den Waldsee, sondern ans Meer, nach Portugal. Ihn habe ich nie wiedergesehen. Faun. Keines der Fotos zeigt seine Flügel. Ich trinke den letzten Schluck Kaffee, räume den Schuhkarton zurück in den Schrank. Ich bin 29, Single, und lebe seit Jahren in derselben Stadt. Hin und wieder treffe ich mich mit Männern, die nach Waldmeister riechen.

Dana Bönisch

Weltraumkojoten

Dana Bönisch veröffentlichte ihre ersten Kurzgeschichten im „Jetzt"-Magazin der „Süddeutschen Zeitung" und in Anthologien des KiWi-Verlages. Seit 2001 studiert die 22-jährige Autorin in Bonn Literaturwissenschaften und Kunstgeschichte. Ihr erster Roman „Rocktage" erschien im KiWi-Verlag. Für den Maxi-Literaturwettbewerb saß sie mit in der Jury.

D em unvergänglichen Meer/Den verlorenen Schiffen/Den schlichten Männern, deren Tage nicht wiederkehren", stand auf einem Steinding, von dem aus ein Steinmädchen in die stumpfe, endlosgraue Ferne sah, die direkt an der Kaimauer begann. Irgendwo im Innersten eines anderen Mädchens, nicht aus Stein, aber manchmal nahe daran, blinkte ein kurzer Schmerz auf, als sie dies las. Er war zu klein, um ihn bei seinem Namen zu nennen, hatte aber mit etwas Größerem, Durchsichtigerem, Ewigerem zu tun; vielleicht mit dem Meer aus Geschichten, die nie geschrieben werden konnten, und den Dingen, die einfach verschwanden, ohne Spuren zu hinterlassen. Er dauerte nur ein Zwinkern lang. Sie – das Mädchen – und ein Junge namens Jonathan, der sich gerade eben den Finger verletzt hatte bei dem Versuch, einen gefundenen St. Pauli-Button an seinem Parka zu befestigen, setzten sich hin und ließen die Beine über die Mauer baumeln. Zwei Kapuzengestalten (denn Oktober-Sprühregen lag in der Luft), von weitem gesehen nah beieinander. Über ihnen saß das Steinmädchen. Und zwischen ihnen saß die Angst. Sie war eine Sachenfinderin: ein Adressbuch im Regen, dessen Schrift verwischt war. Ein Kinderhandschuh. Eine Kassette, auf der stand: Juni 2002. Für Marie. Für alles. (Das braune Magnetband war herausgezogen und wehte dünn und glänzend über die ganze Straße, legte sich um Laternenpfähle, verfing sich in Zweigen an einem Novemberabend, hatte seine Lieder verloren.) Ein Zettel, durch den eine gewisse Steffi eine gewisse Melli in Kinderschrift wissen ließ, dass sie die Pille vergessen hatte. Ein nasser Stoffhund.

Sie war eine Fährtensucherin, die wusste, dass die Dinge zu Geschichten gehörten und die Geschichten zu Menschen und dass diese irgendwo da draußen sein mussten. Und genau wie sie Angst vor der Zeit hatten. Hinter den Zugfenstern. Auf den Bahnsteigen. In den Wohnungen der Stadt. Die kleinen Dinge fand sie meistens, wenn es schon dunkel war und die Feierabend-Flut die Leute weggespült hatte: Stadtgut. Als sie Jonathan getroffen hatte, hatte er zusammengefaltet zwischen den Sitzen der Haltestelle und dem Papierkorb gehockt und auf den Nachtbus gewartet. „So bewegt sich nicht alles so schnell um mich", sagte er und sah sie von unten aus riesigen, grünen Augen an. „Alles ist so schnell. Und es ist so kalt da draußen. Wie heißt du?" „Lea", sagte Lea. „Wir sind Weltraumkojoten, was, Lea?", sagte er. Der Bus kam nicht, und sie packte ihn in ein Taxi. „Immer noch besser, im Taxi zu weinen als im HVV-Bus, oder nicht?", flüsterte er und kotzte dann aus dem Fenster, und sie verstand erst viel später, auf einem Konzert an einem orange-farbenen Samstagabend im August, dass das ein Zitat gewesen war. Sie wurden Freunde und waren vorsichtig, denn sie wussten, dass viele Dinge so zerbrechlich waren, dass man kaum atmen durfte. Und manchmal trotzdem nicht vorsichtig genug. Es bewegte sich alles sehr schnell um sie. Jonathan hatte Angst. Davor, dass man sich fand und wieder verlor und immer nur für längere oder kürzere Zeit beieinander war.

Irgendwann wollte Lea mit ihm zum Meer, auf die Insel ihrer Kindheit. Sie hatte ganz unten im Schrank eine große Muschel gefunden, die das Rauschen mit sich trug. Doch es gab Probleme: Er konnte nicht Zug fahren. (Weil ihn, als er zehn Jahre alt und in einem Nachtzug auf dem Weg zum Klo war, jemand von hinten festgehalten und sich ganz eng an ihn gedrückt hatte.) Sie konnte nicht fliegen. (Dafür gab es keinen bestimmten Grund, außer vielleicht einen Tag im September.) Das Autozugfahren über den Damm zählte für ihn als Zugfahren, denn die Angst bestand darin, in etwas Rollendem zu sein und nicht aussteigen zu können. Und an dem Tag, an dem Oktober-Sprühregen in der Luft lag, hatten sie festgestellt, dass auch keine Schiffe fuhren. „Aber ich möchte trotzdem dahin", sagte Lea. „Das Meer ist zu groß, um in eine Erinnerung zu passen. Deshalb muss man immer wieder dorthin zurückkehren. Das ist das Geheimnis, glaube ich." Er sagte, er verstünde. Sie sagte, dass sie mit dem Zug fahren und er fliegen könnte, und dann würden sie sich treffen am Meer. Er murmelte „zu teuer" und „ist schon okay" und „hat schon mal jemand versucht, über den Damm zu gehen?" „Ich glaube auch, dass irgendetwas Neues da ist", sagte Lea, „aber ich weiß nicht, was es ist." Sie waren jeder für sich allein, unter ihren Kapuzen. Jonathan kratzte mit den Fingernägeln das Etikett von seiner Limo-Flasche. „Weißt du, was Kurt Tucholskys letzte Worte waren?" Sie sagte nichts. „Die Zeit ist immer stärker als die Liebe, hat er gesagt. Und er war ganz allein in diesem großen Schloss in Schweden." „Kurt Tucholsky war ein verbitterter alter Mann mit dünnen Lippen", sagte Lea, „und er hat sich den Satz bestimmt vorher zurechtgelegt, damit ihn später Jungs in Parkas in Häfen zitieren." Aber sie war eine Fährtensucherin und wusste sehr wohl um die Probleme mit der Zeit. Sie umarmten sich nachmittags am Bahnhof, in einem bläulichen Licht. Er war erstaunt darüber, dass man Leute so sehr mögen und so große Angst haben kann, dass man sie am liebsten zerquetschen würde, ihr Gesicht oder im Ganzen. Als Lea eingestiegen war, konnte er sie hinter der Zugfensterscheibe sehen, an der Regentropfen langgezogene Spuren hinterlassen hatten. Eine Frau mit einer unglaublich großen Ballonmütze stand neben ihm und sah hoch zur Anzeigetafel, und hinter der Zugfensterscheibe, bei Lea, saß ein Junge hinter einer Zeitschrift, und noch mehr Leute kamen vorbei, und alle ihre Geschichten berührten sich kurz, ohne dass sie es merkten. Nur zwei Weltraumkojoten hielten sich mit den Augen fest, bis der Zug losfuhr und Lea wegbrachte. Später, als sich eine fahle Sonnenscheibe hinter dem Nebel blicken ließ, ging er mit seiner Kapuze am Fluss entlang und suchte sich und sie und ihren Sommer.